I0632421

Ernesto Quesada

Dos Novelas Sociológicas

Quilito, por Cárlos María Ocantos, París, 1899, La bolsa (estudio social), por Julian

Martel, Buenos Aires, 1891

Ernesto Quesada

Dos Novelas Sociológicas
Quilito, por Cárlos Maria Ocantos, Paris, 1899, La bolsa (estudio social), por Julian Martel,
Buenos Aires, 1891

ISBN/EAN: 9783337045401

Printed in Europe, USA, Canada, Australia, Japan

Cover: Foto ©Andreas Hilbeck / pixelio.de

More available books at **www.hansebooks.com**

ERNESTO QUESADA

DOS NOVELAS SOCIOLÓGICAS

QUILITO, por Cárlos María Ocantos,
París, 1890. 1 vol. en 8º, de 450 pág.
LA BOLSA (Estudio social), por Julian Martel.
Buenos Aires, 1891. 1 vol. en 8º, de 311 pág.

Imprenta, Litografía y Encuadernacion de Jacobo Peuser

BUENOS AIRES LA PLATA
Esquina San Martin y Cangallo ‖ Boulevard Independencia esq. 53
ROSARIO
522 — Calle San Martin — 524
1892

ADVERTENCIA

Publicamos en volúmen el artículo de crí-
tica literaria escrito por el Dr. Ernesto Quesada con motivo de las novelas de los
Sres. Cárlos María Ocantos y Julian Martel.
Dicho artículo vió primeramente la luz pú·
blica en la *Revista Nacional* y posterior-
mente fué reproducido en el folletin del
diario *Tribuna*, en el mes de Diciembre
último.

Las dos novelas tratan una misma é
interesantísima cuestion: el efecto producido por la crisis en la vida social. ¿Con
qué criterio debe juzgarse la crisis argen-
na?—Hé ahi, á su vez, la cuestión que,
con motivo de ambos libros, dilucida el
artículo que hoy reproducimos.

Hemos pedido al autor la autorizacion necesaria para imprimir dicho trabajo en forma de libro, creyendo así contribuir á satisfacer los deseos que nos han sido manifestados, de poner aquel estudio al alcance de muchos que no son ni suscritores de la *Revista Nacional* ni de *Tribuna*.

Buenos Aires, Enero de 1892.

EL EDITOR.

Casi simultáneamente han aparecido dos novelas nacionales que parecen tener el mismo objetivo: en ellas la sociedad argentina es estudiada en la faz característica de la especulacion bursátil y de sus desastrosos efectos. Inspirados esos libros por un sano espíritu literario y por el evidente deseo de trazar una pintura verídica de nuestra sociedad, observada con mas ó ménos exactitud científica en un momento dado, constituyen una manifestacion interesante de vida intelectual, y rozan tan atrayentes cuestiones sociológicas que bien merecen detener un poco la atencion del lector imparcial.

Nos seduce, pues, el deseo de encararlas de dicho punto de vista, porque sea cual fuere su valor literario intrínsecamente considerado, ó la importancia mas ó ménos grande de su parte analítica y descriptiva como fiel pintura social, es evidente que, en los tiempos posteriores, cuando algun curioso quiera disecar nuestra época y hallar la esplicacion de muchos accidentes á la distancia difíciles de comprender, habrá de recurrir, entre las fuentes de información, agotados que sean los documentos propiamente dichos, y debilitada la tradicion oral, tantas veces insegura, — á hojear, lápiz en mano, nuestros periódicos y á consultar libros del carácter de las novelas que nos ocupan.

Esa clase de libros, justamente, es la que sirve para que el historiador proyecte el rayo de luz que ilumina "esa muchedumbre que la sombra ha cubierto y que parece haber descendido para siempre en las profundidades del olvido." Ellos son la base para escribir la monografía, que á su turno constituye el

mejor instrumento de la historia, pues, como
dijo Taine: "se la arroja en el pasado como
se arroja en el mar una sonda, y se la retira
cargada de especímenes auténticos y com-
pletos: se conoce una época en veinte ó
treinta de esos sondajes — no hay mas que
hacerlos bien é interpretarlos mejor."

De ahí que sea interesante juzgar á la sociedad argentina al través de ambas novelas,
eminentemente subjetivas, tratando de considerar á aquella de un lejano punto de vista,
lo que vale decir, abstrayéndonos de las ideas
mas ó ménos parciales que nos procura el
hecho de estar mezclados á la época que han
querido describir ambos libros. Es esto bien
difícil, porque rara vez logra uno despojarse
de las prevenciones contemporáneas; con
razon exclamaba el crítico francés: "oh! qué
agradable es leer á veces los antiguos."

Sin detenernos, con todo, en la parte puramente literaria de estos libros, la gravedad
de las cuestiones que suscitan: una sociedad
cosmopolita en período de transformacion,

sacudida de raiz por la especulacion desenfrenada; los males de la plutocracia el antagonismo del capital y del trabajo; la usura
y tantas otras cosas — todo ello es mas que
suficiente para provocar las meditaciones de
cualquier lector, por indiferente que sea.
¿Con qué criterio debe juzgarse á la sociabilidad argentina para comprender los efectos
de esos sacudimientos, y esas plagas, comunes á todos los paises, pero de diferentes
consecuencias en unos y otros? ¿Cómo enca-
ran los novelistas argentinos las múltiples
cuestiones trascendentales que rozan en sus
libros?

.... Dejemos, pues, vagar la pluma en las
horas tranquilas de la noche, cuando ningun
ruido de afuera perturba nuestra mente, cuando el silencio absoluto que reina por doquier
permite olvidarnos un poco de lo que somos
y del medio en que vivimos, para adoptar
insensiblemente una especie de criterio objetivo al juzgar los libros cuya lectura acabamos de terminar. Válganos, por ende, la

buena intencion que nos guía—y tratemos de engolfar nuestro espíritu en una atmósfera de ecuanimidad moral para hacer, con la brevedad que un artículo de esta naturaleza comporta, el análisis puramente objetivo del asunto.

Los paises nuevos, como la Argentina,
obedecen en las postrimerías de este siglo
décimonono, á leyes históricas bastante definidas por lo que respecta á su desenvolvimiento como nacion y al desarrollo material
del país. Esas leyes son radicalmente diversas de las que rigieron análogos períodos
en los tiempos antiguos y hasta en los modernos, por cuya razon los pensadores
europeos que de dichos fenómenos se han
ocupado y ocupan, obedecen en su mayoría
á criterio en absoluto inaplicable al caso
actual. Pero en la época contemporánea,

vale decir, de un siglo á esta parte, el mundo
ha presenciado ya análogo fenómeno en los
Estados Unidos de la América del Norte,
y si bien la maravillosa evolucion política,
social y material de aquel país, por tantos
conceptos digno del estudio de los espíritus
observadores, aun no ha terminado y no
pueda por ello en rigor científico conside-
rarse comprobadas las leyes que hasta ahora
parecen gobernar su desarrollo, no lo es
ménos que dicha evolucion está próxima á
tocar á su fin, y que sin demasiada pre-
suncion pueden darse por aceptadas algunas
de las leyes históricas hasta hoy claramente
definidas. En todo caso, no nos es dable
adelantar al futuro, y para el objeto de
este artículo creemos que sensiblemente
pueden acatarse como bien establecidas
las aludidas leyes.

Los paises de enorme extension territorial
y de ténue poblacion civilizada, abiertos de
una manera inopinada al movimiento universal, fueron puestos en contacto con las

viejas naciones, escasas de tierra y pletóricas de habitantes. Por la ley natural de los niveles, el exceso de habitantes de las unas se precipitó sin freno ni medida sobre el exceso de tierra de las otras. Para poblaciones acostumbradas á la rarefaccion de la vida por muchos siglos; á la carencia de la tierra, ansiada siempre con furor y jamás obtenida; á mil necesidades ficticias de existencias que, gracias á barreras tradicionales, solo permitían vegetar y no vivir, la tierra inmensa, grátis ó casi grátis, fértil hasta lo fabuloso, con todos los halagos de la vida independiente y generosa, tenía que ejercer una fascinacion sobrehumana, irresistible, abrumadora, y devorar millones tras millones de séres, como el maëlstrom implacable absorbe á los navegantes que penetran en su radio de atraccion. De esos millones de hombres lanzados de improviso á las fauces tamañas abiertas del mónstruo, una gran parte no tenía ni las condiciones morales ui las materiales para luchar en aquella vorágine dantesca, para aferrarse á un punto de apoyo cualquiera y conquistar así su lugar entre la terrible turba sin cesar aumentada por nuevas y nuevas oleadas lanzadas desde la Europa pletórica. Capas enteras de seres humanos han sido necesarias para que la tierra inculta haya paulatinamente podido convertirse en propiedad de provecho en las manos de una minoría que, mas feliz porque era mas fuerte, demostró por su exito mismo estar mejor preparada que la mayoría para triunfar en la lucha sin cuartel por la existencia. Pocas veces el lúgubre *væ victis* del guerrero antiguo ha sido repetido con mayor exactitud, pero la humanidad es implacable y sigue su camino sin tener ni el tiempo siquiera de mirar á los que caen!

Por primera vez en la historia, el mundo ha presenciado un fenómeno semejante. La misma hecatombe gigantesca de tantas existencias oscuras, gastadas y vencidas en esa batalla sin piedad con la naturaleza, estaba en armonía con el fruto codiciado de sus afanes; y, al sucumbir, mas de uno han dirijido moribundos una última mirada de codicia y amor á la tierra, ya mitad dominada, y, como el gladiador antiguo, han dejado escapar su vida murmurando: *Ave, terra, morituri te salutant!*

Todo en la América ha sido tallado en proporciones monumentales por nuestra amorosa madre la naturaleza: los rios son mares; las montañas, colosos; sin límites las praderas, y en su superficie depositada esa maravillosa capa vegetal que, cual mitológico manto de tierra negra, encierra en sus entrañas la fertilidad asegurada de varios siglos por venir.

El viejo mundo, con sus llanuras exhaustas, reanimadas penosamente con afrodisíacos químicos, con sus poéticos rios y sus montañas seductoras, hace el efecto de un paisaje primorosamente pintado cuando se le contempla en parangon con el mundo americano, donde todo es grandioso, hasta el mal mismo. Allá el aire necesario para la vida se encuentra rarificado y se mueven las generaciones como si existieran debajo de una colosal campana pneumática; aquí, la atmósfera es oxigenada, sus horizontes no tienen límites, y se pierde en el azul etéreo de lo que los poetas en su lenguaje pintoresco han dado en llamar la bóveda celeste.

Con medio ambiente tan radicalmente diferente, deben producirse resultados también radicalmente diversos, y esos resultados no podrían alcanzarse con el sesudo *festina lente* de los paises tradicionalmente organizados y donde todo está clasificado con minuciosa precision, hasta los adelantos posibles del futuro; donde todo se cuenta y se descuenta; donde nada, por ínfimo que sea, escapa al cálculo mas meticuloso y prudente. En los paises nuevos, invadidos por poblaciones acostumbradas á tan distinto régimen, la vida, parodiando un dicho célebre, se hizo á saltos; y á fuerza de empujones, de violencias, de injusticias tal vez, en la lucha desapiadada del hombre contra el hombre — ¿y cuándo, mas que en la California en su período del oro, p. e., fué mas *homo homini lupus?* — fueron eliminados sin remordimiento los mas débiles y quedaron solo los que, convertidos por el combate mismo en los mas fuertes, principiaron á organizar las cosas al estilo de lo que acababa de suceder. De ahí, en la curiosísima historia de los Estados Unidos, la existencia aventurera del *pionneer*, la lucha salvaje del *squatter*, y, operada la primera evolucion, la institucion democrática de ese jurado popular que falla segun la ley de Lynch, y la justicia rápida, sin piedad, para mantener el órden entre agrupaciones semejantes á las que presenta con orgullo aquella nacion, que es joya del continente americano. El europeo mismo al pisar su suelo se transforma, y encuentra en la inmensidad de sus praderas, todavía desiertas en parte, un estímulo descono-

cido que agiganta su espíritu, que imprime
vigor á su cuerpo atrofiado casi por el
atavismo de tantos siglos, y que, de un
elemento numerado, clasificado y ponderado
de la vieja pátria, hace un sér enérgico,
emprendedor, y audazmente independiente
en su patria nueva.

Nada mas interesante que esa faz del desarrollo de los Estados Unidos. Hay en los
libros de un escritor yankee de orígen y de
nombre, si bien por una aberracion singularí-
sima manejó siempre el idioma aleman, páginas profundamente conmovedoras y que di-
latan los ojos del lector europeo, que necesita
reposarse y volver á repetir la lectura, porque el criterio de su viejo continente es
insuficiente para comprender y ménos para
justificar esa vida rudamente incipiente del
mundo americano. Merecería ser mas leido
Sealsfield, y meditarse todo entero su famoso
libro de *Nathan;* así, aquella escena que hace
erizar los cabellos, entre el *squatter* yankee
acampado y establecido en la Luisiana fran-

cesa, y aquellos nobles europeos que, con
la concesion hecha por el gobierno de la
metrópoli, penetran hasta las soledades donde se encuentra el blockhaus del colono
invasor. La vida misma de esa casta especial del *squatter* palpita allí, con sus exageraciones, sus defectos, sus horrores si se
quiere, pero su marcada individualidad, su
enerjía salvaje y ese conjunto admirable de
condiciones que dió á la larga á los Estados
Unidos, no solo la Luisiana, sinó Texas, el
nuevo Méjico, y todos los territorios que,
abandonados por sus dueños segun el derecho, eran invadidos por esos *pionneers* esfor-
zados que se consideraron sus dueños segun
el hecho —triunfando este sobre aquel al andar de las cosas.

Se trata, pues, de una civilizacion que presenta fenómenos distintos á los que registra
la historia, y que se ha ido desenvolviendo
segun leyes sui géneris.

La raza que se ha formado en esa lucha
tiene, por ende, calidades de energía casi sal-

vaje: todo lo quiere grande, pronto, espléndido. El espectáculo que ofrece hoy aquel pueblo al viajero observador, confirma esas aseveraciones. Jamás el tiempo fué mas *oro* para el hombre; jamás consideró este mas imposible la misma palabra *imposible*.

Sus caudalosos rios se encuentran atravesados por puentes suspendidos, de una audacia y de una perfeccion asombrosa; sus cataratas colosales están ceñidas por puentes colgantes que parecé increible haber podido concebir, máxime realizar; sus cadenas de montañas, con sus *cañones* inmensos y sus abismos inconmensurables, están cruzadas por puentes y vias férreas que diríase se lanzan en el vacío de un peñon hasta el otro; sus lagos mismos recorridos por ferro-carriles que asemejan deslizarse sobre el agua; sus ciudades se incendian y se reedifican de la noche á la mañana en escala mas inauditamente estupenda que las que hasta ahora pasaron por maravillas. El puente de Brooklyn, el del Niágara, la via férrea de las Mon-

tañas Rocallosas, la del lago Pontchartrin,
eso y millones de otras mas—¡qué son al
lado de aquella portentosa *Oil City* de Penn-
sylvania, nacida como por encanto, en un
abrir y cerrar de ojos, apénas resonó el grito
de júbilo del barretero que hizo saltar un
chorro de naphta de sus rios subterráneos de
petróleo; qué son al lado de Chicago, de la
que, con mas justicia que á la original, podría repetirse:

> Tu octava maravilla, maravillas
> A las pasadas siete maravillas!

Las tierras que hoy son desiertas, mañana
están abarrotadas de gente; donde solo había pasto, en un santiamen brotan ciudades;
y se construyen ferrocarriles en las direcciones mas fantásticas, dirigiéndolos al desierto,
en la seguridad de que los rieles de acero
tienen la virtud mágica de hacer, como nue·
vo Decaulion, brotar habitantes del seno de
las praderas solitarias! Un desierto casi yer-
mo, como era California ántes de 1848, se

convierte como por encanto en el mas feno-
menal á la par que brutal hormiguero de
gentes, al solo anuncio de sus minas de oro;
y las fortunas mas colosales se fabrican y
destruyen con una rapidez mareadora, lan-
zando por todos los ambitos del mundo rios
del aureo metal que iban á conmover hasta
en sus rincones mas recónditos, á la gente
pacífica y resignada de las viejas naciones
de la Europa. Y, agotadas esas minas, vinie-
ron otras, y sobre todas las minas, el cultivo
de la tierra y ese fenómeno sorprendente de
la transformacion súbita de las aldeas en ciudades y de los centros en metrópolis, corriendo el oro á raudales, cambiándose de
mano en mano las fortunas, surgiendo barrios enteros, palacios, maravillas, de donde
nada existía poco tiempo ántes...

Ah! California! California! Quien cantará
las maravillas de San Francisco, de esa orgullosa metrópoli, reina del Pacífico, encanto de los Estados Unidos, teatro soberbio
donde luchan á brazo partido en presencia

de la cultura yankee, las dos viejas civiliza-
ciones de la Europa y del Asia, de la raza
blanca y de la raza amarilla! San Francisco,
donde los terrenos que no valían un centavo
al anochecer, se pagaban en pilas de oro
al amanecer del dia siguiente; donde la especulacion territorial, atropellada por el im-
pulso tremendo que le daban las cascadas
de oro que vomitaban las minas, se lanzó en
la mas vertiginosa de las farandolas que puede concebir la mente caprichosa del soñador
mas audáz! Y entre unos que se arruinaban
y otros que se enriquecían; y períodos en
que la especulacion reinaba desenfrenada y
otros en que dominaba la benéfica reaccion,
fué creciendo á saltos, de una manera mara-
villosamente estupenda, aquella ciudad que
es la imágen del país mismo que aun hoy
asombra al mundo. Qué espectáculo gigantesco aquel! Los rios de oro lanzados en el
vértigo de la especulacion mas caprichosa,
de repente desenvolvían una actividad calen-
turienta, y se levantaban barrios enteros di-

señándose los contornos de la emperatriz del
Pacífico; y al poco andar, fatigados del esfuerzo hecho y de los resultados alcanzados,
parecían detenerse para descansar y rehacer
sus fuerzas, á fin de prepararse á recomenzar
de nuevo la lucha con mas encarnizamiento
que ántes. Y en este flujo y reflujo del dinero, en esta marea creciente y decreciente de
la especulacion, junto con la formacion de
una ciudad colosal, quedaban en el campo
de la lucha esparcidos los restos de los combatientes, á la manera como mártires del progreso, para que de su sangre surgieran nuevos luchadores, y con ese formar y sucumbir
de gentes y fortunas, producir el progreso
de su país, de su metrópoli, para que jamás
fuera mas cierto que el progreso de la patria
se forma con las lágrimas y la sangre de varias generaciones de sus hijos! Los unos conocidos, oscuros los otros, todos en aquel
país singular han dado su vida por la patria,
y como han querido ver á ésta pronto gran-
diosa, han pedido á la exageracion del pre-

sente el descuento de la lentitud del porvenir;
y á la manera como un conductor de tren que
busca solo llegar á su destino en un tiempo
exajeradamente breve, llena y rellena las calderas de la máquina y la lanza á todo vapor
precipitando si cabe una carrera tan vertiginosa, así los habitantes de los Estados Unidos han querido vivir al vapor, á la electricidad, realizar en un dia la obra de años,
vencer á la naturaleza, domar el tiempo.
Pero esto no se hace sin cruentos sacrificios
y no en balde es ley natural que toda accion
trae consigo una reaccion: á los empujes violentos de un período, han sucedido las crísis
terribles de otro. En esa lucha han sucumbido
muchos, pero el país en definitiva ha ganado.
— La historia solo glorificará el resultado.

Durante su corta historia, ya que apénas
alcanza á un siglo, los Estados Unidos han
ofrecido repetidas veces semejante espectáculo, pero al mismo tiempo que eso su-
cedía, en sus centros populosos sus Bolsas
eran hervideros de gentes que, distribuidas

en *trusts*, en *rings*, en *corners*, en especuladores aislados, pesan las probabilidades de
progreso en todos los puntos del territorio,
el mayor valor que ello traerá como consecuencia, y tratan de adivinar el futuro
por medio de combinaciones financieras audaces, adelantándose á calcular el valor de
las cosas para mas en adelante. En ello
predomina sin duda el elemento del juego,
pero contrarestado por la habilidad del que
sabe descontar las probabilidades, y con
audacia genial arriesgar de súbito montañas
de rubio metal, salvo á despeñarse desde
lo alto si los cálculos salen fallidos. Ese
grupo de individuos que manejan caudales
como se remueve la arena con anchas palas,
forman una verdadera excrescencia mórbida
de aquella civilizacion anormal, y domina-
dos, fascinados por la propia audacia, aumentan y aumentan las fortunas, *beyond all
the dreams of avarice*, para usar la enér-
gica expresion yankee, esclavos de la máxima tiránica, de que "el que nada arriesga

nada gana", caracterizando así á toda la nacion, convertida en una fragua de riquezas. Verdad es que muchos caen, pero tambien es cierto que la caida de los unos es la subida de los otros y que con ello siempre sigue ganando el país transformándose sin cesar, sin cesar cubriéndose de vías férreas, de ciudades, de industrias, y de obras grandiosas.

Los que sucumben se resignan, pero no se desalientan; tienen la conciencia de que son hombres, en la elevada acepcion de la palabra, y de que al caer en tierra, al contacto de ésta, renovándose el clásico mito de Anteo, recuperan vigor nuevo, mayor quizá que el que ántes los animára, y tornan incansables, con reforzados brios á la lucha, á recomenzar otra vez la tarea, renovando de la mitología la fábula de Sísifo, eternamente verdadera. De ahí que en los Estados Unidos, donde la vida es milicia que solo cesa con la muerte, el arruinado de hoy sea el acaudalado de mañana, y que su vida sea verdaderamente *real and earnest,* como la cantó su poeta favorito en su inmortal *Salmo de la vida.*

Tal es el carácter de la sociabilidad americana; tal el desenvolvimiemto lógico de los paises nuevos en la época presente.

Pues bien, la República Argentina ha comenzado ya á recorrer esa vía; se encuentra lanzada con empuje en esa direccion. Está recien en los comienzos y puede decirse que está en vísperas de renovar la marcha ascendente de su hermana del Norte. No cabe la mínima duda de que, dada la analogía de antecedentes y de circunstancias, han de reproducirse igualmente análogos fenómenos, y que ellos, como es natural, han de ser regidos por idénticas leyes.

No pueden ocultarse los inconvenientes que acarrea semejante estado de cosas, pero hay que tomar la vida tal cual es y no tal cual cada uno la deseara. Lo que á nosotros se refiere debe, pues, estudiarse con criterio americano y aplicando éste, quizá desaparecerá gran parte del desaliento que invade á muchos. Estos, formado en su inmensa mayoría al calor de una cultura casi exclusivamente europea, se encuentran azorados ante hechos que parecen desastrosos y sin remedio á la vez, creyendo encontrarse en vísperas de algun nuevo *año mil*, tan solo porque se sufren las consecuencias de una crísis, naturalísima reaccion de un período de exagerado empuje.

Por estas reacciones han pasado mas de una vez los Estados Unidos; idénticos males han sufrido. Estúdiese, pues, la manera cómo allí se resolvió la cuestion y demos gracias á la Providencia que nos ahorra el tener que ensayar medios teóricos á la ventura: tan solo tenemos que aplicar lo que la esperiencia nos enseña, y sacar de la historia de nuestra hermana del Norte los datos necesarios no solo para salvar de nuestros malos pasos, sinó lo que es más importante aún, para evitarlos en lo futuro.

Toda la dificultad consiste en comparar bien y en aplicar mejor. Es, pues, cuestion de buena voluntad.

Quizá no pueda decirse que esa comparacion es exacta en todas sus faces. "Comparacion no es razon", reza el adagio antiguo; y ménos lo es cuando se descartan factores que la modifican muy señaladamente.

Para que pueda aplicarse á la Argentina el criterio que se desprende del pasado en Estados Unidos, es preciso que las particularidades de nuestro país no sean tales que basten á anular la identidad de los rasgos generales y comunes. Tomaremos empeño en tratar de examinar brevemente este aspecto de la cuestion.

Si asistía razon al clásico británico que dijo: "los sucesos venideros proyectan su sombra de antemano,"

coming events cast their shadow before,

tendríamos descubierto á nuestros ojos un pedazo del porvenir en siéndonos posible aplicar, sin variarla en nada en nuestro caso, la filosofía del pasado norte-americano. Si así fuera, deber sería de los hombres prudentes y prácticos mirarse un poco en este espejo. Conocido el mal y sus causas; descubierto el remedio; la tarea consistirá en poner manos á la obra con energía y perseverancia. Se lucha con mayor valentía cuando se tiene la certidumbre de obtener el triunfo á la larga.

De ahí, pues, que convenga alejar en lo posible toda causa de error. ¿En qué medida es, por lo tanto, aplicable á la Argentina el criterio yankee? ¿En qué grados lo modifican nuestras peculiaridades?

Fuera de duda es que nuestro inmenso

territorio, mayor que el de varias naciones
europeas juntas, está escasísimamente po-
blado. Por razones históricas que no es menester recordar aquí, en los ochenta años de
vida de nacion que llevamos, los primeros
diez fueron absorbidos por la guerra de la
independencia y los treinta subsiguientes en
la anarquía, miéntras que de los cuarenta de
vida especialmente constitucional que restan,
otros diez fueron empleados en la cruenta
guerra del Paraguay. En una palabra, puede
decirse que hacen recien diez años que goza-
mos de paz exterior é interior, aunque ésta
última esté periódicamente interrumpida por
revoluciones decenales, por manera que la
corriente inmigratoria que había comenzado
á establecerse, desviada mas de una vez,
vuelve á reanudarse, pero todavía no ha en-
trado á formar esa corriente permanente y
de aumento constante como se observó en
Estados Unidos. De ahí una primera peculiaridad. Otra proviene de que cuando dicho
fenómeno se produjo en aquel país, la cor-

riente fué completa, sin ser solicitada á la vez por otros puntos de atraccion, miéntras que en el caso nuestro nos han hecho concurrencia los mismos Estados Unidos, parte del resto de América, la Australia, y hoy dia, por especialísimas razones, el Africa, principalmente su extremidad austral.

Estos dos hechos han traido como consecuencia que no viniendo íntegra ni continuadamente la corriente inmigratoria á nuestras playas, se haya producido una seleccion entre sus elementos componentes, ya como razas, ya como individuos, seleccion que desgraciadamente no ha sido, en sus líneas generales, favorable á la república.

Por otra parte, cuando los Estados Unidos principiaron á recibir la corriente fecundante de la inmigracion, contaban ya con un núcleo de poblacion importante por su número, por su carácter y por sus riquezas. De ahí que, como el pelícano, se alimentaran de su propio seno, y buscáran y encontráran los elementos y los capitales necesarios á su desenvolvimiento dentro de sí mismos. Por el contrario, la Argentina en igual momento tenía poblacion escasa, fatigada de guerras y discordias y verdaderamente pobre: fué pues necesario importar del Viejo Mundo los capitales y elementos indispensables. De esta peculiaridad que trajo por consecuencia que no teniendo los Estados Unidos deuda exterior se hayan desenvuelto con sus propios elementos, y que careciendo de éstos la República le haya sido menester endeudarse y ser la presa de mercaderes y judíos, fluyen consecuencias importantes, pues se introduce en nuestro desarrollo social un elemento perturbador, que no se dejó sentir en la América del Norte.

Hay, pues, entre nosotros importacion de gentes y de capitales. Este segundo factor modifica bastante el aspecto de las cosas.

Es asunto constante que en los paises viejos tiende á bajar siempre la tasa del interés, porque dentro de los rodajes de su vida minuciosamente regimentada, los capitales no tienen sino una colocacion cada vez mas restringida y á tipos reducidos.

Por el contrario, estando el interés en relacion directa del riesgo, en los paises nuevos donde los vuelcos son súbitos y donde, por las razones que hemos visto en el anterior parágrafo, las cosas se transforman con rapidez estrema y así se hacen y deshacen las fortunas, el dinero fué atraido fatalmente y afluyó á nosotros bajo todas las formas imaginables.

¿Recordais la famosa *Tentacion de San Antonio* del Teniers? Ménos fuerte que aquel santo varon, no supimos resistir á la seduccion del oro, y en forma de empréstitos mas ó ménos onerosos, de hipotecas, de préstamos y mil otros aspectos, nos vimos de súbito inundados, aguijoneados, empujados por aquella masa áurea que, como rio de lava candente, poco á poco nos fué precipitando de abismo en abismo hasta desviarse.

Á la razon natural que explica estos períodos de fiebre aguda en los paises nuevos,

unióse este elemento perturbador. Pero su
accion no escapa tampoco á las leyes de
aquellos fenómenos en Norte América, por
la marcada analogía entre esa inundacion de
oro extranjero y aquellas minas californianas
al parecer inagotables. De ahí que Buenos
Aires en su evolucion actual presente puntos singulares de contacto con las vicisitudes
de San Francisco.

Por supuesto que estas comparaciones son
siempre en escala relativa.

En 1858 ya San Francisco era una popu-
losa y espléndida ciudad. Sus minas principia-
ban á agotarse: se comprueba el hecho y...
Pero dejemos hablar á un testigo ocular:
«Cualquiera hubiera podido creer que California había concluido. Desde el 20 de Abril
hasta el 9 de Agosto partieron 23,428 habitantes; los demás, maldiciendo la fortuna
adversa, trataban de venderlo todo para se-
guirlos. En San Francisco reinaba el pánico,
consideraban arruinada la ciudad; el cetro del
Pacífico iba á pasar á manos de Victoria

City, metrópoli de la colonia inglesa. En tres
meses el valor de la propiedad bajó 80 %;
una de ellas, Blythes Gore, entre las calles
Market y Greary, por la que se ofreció en
1886, 7.500,000 francos, que el propietario
no aceptó, no encontraba comprador por
150,000 francos. Negociantes, banqueros,
abogados, tomaban sus medidas para trans-
portar sus casas de comercio, sus fondos y
sus escritorios á Victoria... Á fines del
año ya no quedaba ni huellas del *excitement;*
el precio de los terrenos era muy superior al
de la tasacion anterior, pero gran número de
propiedades habían cambiado de manos y la
fortuna favorecia, una vez mas, á aquellos
cuya fé en el porvenir había permanecido
firme." Convengamos que, á pesar de nuestras jeremiadas de la hora presente, no hemos alcanzado aun á gozar del original *excitement* de la orgullosa Frisco: tal vez mas
adelante nos suene la hora!

Por otra parte, si no supimos resistir á la
tentacion del oro que por todas partes se

nos ofrecía, tampoco los Estados Unidos
en sus diversos períodos han mostrado mayor cordura. Nuestra época de 1890, finan-
cieramente hablando, presenta muchas analo-
gías con la yankee de 1844, cuando los mas
fuertes Estados estuvieron al borde de la
bancarrota. 20 años despues, nueva carrera
insensata para endeudarse hasta el alma; 15
años despues, otra vez la fiebre reina con mas
furor que nunca. Y sin embargo, no habían
faltado voces serenas que, juzgando la locura de 1844, llamáran la atencion hácia el
porvenir.

Así, un estadista famoso, Curtis, despues
de estudiar en 1844 la enfermedad que acababa de reinar y que había dejado al país
entero en una postracion estrema, dijo con
profunda justicia:

"Hemos sido ligeros, pero en una época
en que la ligereza era epidémica; hemos sido
imprevisores, pero en tiempos en que la
prudencia era generalmente considerada un
poco mas que timidez estrecha; nuestra falta

fué grande, pero fué muy general, y era una falta en la que el acreedor tenía tanta parte como el deudor. Fué ligero é imprevisor el contraer tantos empréstitos, pero mas ligero é imprevisor fué el concedérnoslos, pues que en esos casos los prestamistas tienen tan buenos medios de conocer la solidez de las garantías del crédito, como los mismos solicitantes."

¿Aprovecharon los Estados Unidos de tan dura leccion? Ya lo hemos dicho: el ataque de fiebre se ha repetido con la regularidad del *chucho*. Así, en el reciente censo de 1890 por primera vez se ha practicado la investigacion de las deudas públicas y privadas; de los resultados conocidos, escojamos al acaso uno, las municipalidades, ó sea, los centros mas sensatos, mas conservadores del país. Pues bien, en 1870 las municipalidades debían 271 millones de dollars, con una poblacion de 8 millones de habitantes, es decir, á razon de 7 dollars por cabeza; 7 años despues, en 1877, esas mismas municipalidades habían aumentado su deuda hasta 684 millones, siendo así que su poblacion urbana solo había acrecido de 3 millones, lo que representaba 13 dollars por cabeza; *i. c.* en 7 años había duplicado la deuda por cabeza!...

Se vé, pues, que no es solo la Argentina el país de las locuras, y que el ataque de fiebre que acaba de sufrir, no es sin precedentes en el mundo.

En cada acceso de esa fiebre periódica en Estados Unidos, ¿se consideró acaso perdida la Nacion? ¿Fué el país juzgado en el extranjero como sin remedio ni salvacion? ¿Se atrevieron las otras naciones á tratarlo como leproso y á rechazarlo de su lado?

No sería correcto cerrar este parágrafo sin rozar siquiera otra peculiaridad de la Argentina, que desgraciadamente la diferencia tambien de los Estados Unidos. Sin dar á aquel país — la clásica patria del *humbug* y de los *lobbies* parlamentarios: y con eso basta para caracterizarlo en ese sentido, —

patente limpia en materia de correccion y honradez administrativa, no hay duda que en ese ramo nos falta aun mucho que andar para que la comparacion general no sufra de esta otra peculiaridad.

Pero, dejemos que condense la opinion general algun observador imparcial que haya estudiado análoga situacion en otras partes del mundo.

Así, un distinguido estadista inglés que muy poco se ha ocupado de la Argentina pero si mucho de la Australia, sobre todo de la Nueva Zelandia, donde residió varios años, estudiando recientemente — en el número de Setiembre de la *Nineteenth Century* — la situacion actual del continente australiano, ha dicho:

"Sostengo que en el caso de todos los paises que han hipotecado su porvenir á los capitalistas ingleses, la cuestion no es tan solo de sus "ilimitados recursos naturales." Casi no hay estados, por lo ménos en el Nuevo Mundo, que no pudieran hacer figurar, con

perfectísima verdad, en el *Haber* de su balance un total representativo de sus riquezas
naturales que hiciera desaparecer fácilmente
el importe de todo su *Debe*. Pero ese balance
sería sin valor positivo. Porque es preciso
no olvidar la cuestion del desarrollo de esas
riquezas, de su explotacion, las cuestiones
de administracion y direccion, de la clase
de hombres á la cabeza de la cosa pública, de su carácter, de su capacidad, su
buena fé, y su habilidad para adivinar lo que
es mejor y mas prudente para el país que
gobiernan, y de los medios para realizarlo.
Tómese como ejemplo el Egipto. ¿Qué es
lo que ha levantado el crédito egipcio? No
es por cierto grandes descubrimientos de
metales preciosos, ni la eterna repeticion de
"riquezas naturales ilimitadas"—sinó una administracion sana, prudente y honesta."

En seguida, refiriéndose al tremendo *krach*
que siguió á la bancarrota de Nueva Zelandia, agrega: " Es cierto que hubo reaccion.
Yo me encontré allí en 1887-1890 y ví pues-

tos abolidos, sueldos disminuidos y todos los signos exteriores de una reduccion de gastos. Ví tambien á gente sana despachada, y á gente dudosa retenida en sus puestos y á toda una administracion descorazonada y desorganizada. Pero no ví esfuerzo sério para abolir la corrupcion, el peculado, el derroche y la extravagancia de la época anterior. Estas continuaron floreciendo como en los dias de inflacion. La poblacion por ende se encuentra desmoralizada y no tiene el coraje de contemplar cara á cara la terrible realidad de su situacion."

¿Pueden aplicarse estas palabras á la Argentina? ¿Hay en ellas alguna enseñanza que conviene no despreciar?...

Por otra parte, es preciso ser justos y reconocer que la actual situacion de la República Argentina, no es acreedora á las hipócritas manifestaciones del *cant* fariséico de los prestamistas ingleses. Estamos convencidos de que se requiere en estos momentos solemnes para nuestro país decir la

verdad, tan solo la verdad; no se nos ocul-
tan los gravísimos males sociales, políticos y
económicos que agobian hoy á la pátria; mas
aún, tenemos la franqueza de lamentar que no
tengan mayor participacion en la cosa pública
estadistas del temple de aquel recto ministro
argentino que en pleno parlamento decía:—
"es necesario decir la verdad, aunque sea amar-
ga y pueda contrariar las aspiraciones del momento; la verdad, que no daña nunca en los
pueblos libres, y que, por el contrario, podría haber cobardía en ocultarla ó atenuarla."

Pero, cuando se exajera de una manera
descarada ó se cierra los ojos á las causas
fatales y generales que producen una situacion, para darse el estéril placer de tratar á
una nacion de la manera mas nécia — ¿y qué
otra cosa ha hecho el inglés Th. Child en su
reciente obra: *The Spanish American Repu-
blics?*— es preciso levantar la voz con viril
energía contra semejante abuso y poner las
cosas en su verdadero lugar. Reconozcamos
nuestros errores, pero rechacemos los humi-

llantes conceptos con que se quiere caracte-
rizar á esta crísis ante el mundo, como si
solo hubiera podido producirla un pueblo
corrompido, degradado é insensato.

Aparte de que esta crísis en la Argentina
es debida en mucho á la ley de desarrollo
que rige en los paises nuevos, como lo comprueba el pasado de los Estados Unidos —
¿qué otra cosa ha sucedido en Australia,
donde la poblacion es exclusivamente inglesa, vale decir, dotada de ese sin fin de
cualidades posibles é imposibles que los
financistas (y mas aun los que no lo son) de
la Gran Bretaña atribuyen á sus compatrio-
tas, única grey elegida del Señor?

Pues bien, en Australia el derroche ha sido
mayor; el despilfarro ha asumido caractéres
que asustan; y el desparpajo para enga-
ñar á los crédulos judíos del Stock Ex-
change ha ultrapasado los límites posibles;
la contabilidad pública de los Estados Aus
tralianos es tan caótica que hace figurar espléndidos superávits, suprimiendo déficits

enormes y viniendo así á constituir la enga-
ñifa mas impudentemente colosal! No podemos entrar aquí al detalle del asunto, pero
las revelaciones de Mr. Fairfield y la reciente
polémica sostenida en la prensa inglesa por
Mr. Fortescue y Mr. Willoughby demuestran
que allí las cosas han andado (y andan) peor
aun que en el Plata. Y eso que miéntras
nuestra deuda esterna excede apénas de 25
millones de libras, la de Australia ha pasado
ya de 185 millones y se aumenta anualmente
en 5 millones mas, por término medio. Los
ferro-carriles no dan ni siquiera para pagar
los intereses del capital en ellos empleado.
Durante el período 1887-1890 los gastos públicos y privados fueron extravagantes; la
fiebre reinante era increible, y prestamistas y
solicitantes jugaban á la pelota con millones
y millones de esterlinas, hipotecando el porvenir hasta la quinta generacion! Y es tan
desesperada esa situacion que un pode-
roso partido político australiano agita con
éxito extraordinario la cuestion de la eman-

cipacion respecto de Inglaterra, envolviendo en la palabra "emancipacion" el concepto " repudiacion de la deuda" — ¿Por qué han de ser los australianos—decía recientemente un famoso estadista de aquel continente — los eternos esclavos del capitalista británico? ... Y la masa del público inglés, en presencia de semejante enormidad, calla — porque se trata de ingleses!

Sin embargo, la Australia como país nuevo ha obedecido tan solo á la misma ley que hemos visto guiar el desarrollo de los Estados Unidos y que se cumple implacable en estos momentos en la Argentina. Que se mida, pues, á todos con la misma vara. Los financistas ingleses no han puesto el grito en el cielo ante semejante estado de cosas y han considerado la situacion de la Australia con un criterio bien distinto del que emplean con nosotros. Nada es bastante para fustigar á la Argentina, el país del *gaucho banking*, y á sus hombres: y cuando un escritor independiente como Mr. Fortescue se permitió decir la verdad acerca de la Australia, que *tolle* se levantó en la prensa inglesa! — insulares y coloniales gritaron indignados *traicion! traicion!* y se precipitaron como un hombre contra el que así osaba tocar al *caut* británico.

Volvamos á repetirlo: es preciso ser justos, nada mas que justos.

Sociabilidades semejantes poco lugar dejan al tranquilo cultivo de las letras. La inteligencia misma, cuando se la pone á contribucion, se derrama en los mil canales del diarismo porque necesita hablar directamente á las masas, y no tiene tiempo para emplearlo en la elaboracion de libros que sabe no encontrarán lectores, porque la mayoría de las gentes carece tambien del tiempo necesario para la lectura reposada.

Por eso en los Estados Unidos, á la par del portentoso desarrollo material, ha sido mas lento el desenvolvimiento intelectual, y recien ahora que su evolucion histórica toca á su fin y todo tiende allí á normalizarse, principia á sacrificarse en los altares de Minerva. Ciertamente ha habido honrosas excepciones, pero éstas, por su mismo carácter de tales, no hacen sino confirmar la regla.

Qué léjos estamos del clásico ideal! Sainte Beuve decía refiriéndose á esto mismo: "Feliz aquel que pueda todavía cultivar las letras á la manera de nuestros padres, en el retiro ó en un seguro pasar, haciendo su parte á los negocios y á los fastidios inevitables, pero reservándose la otra para repetir con el poeta: *O rus, quando te aspiciam?* " Oh campaña, cuando gozaré nuevamente de tí? " Y allí, en la paz, en el silencio, madurar algunos bellos frutos preferidos, resumiendo en el libro predilecto y que no se rehace ya, los tesoros de su imaginacion y de su corazon, ó, como Montaigne, el jugo mas esquisito de sus lecturas ó de sus estudios!" Ay de nosotros! Esa literatura así concebida, flor y perfume del alma, difícilmente se concilia con la existencia de lucha sin trégua, ardorosa, que no dá hora de descanso, ni permite retirada.

La vida americana, así considerada, es cruel para los delicados que sienten horror por este eterno trenzamiento del hombre con el hombre, pero el que tenga ó quiera continuar en ella, forzosamente debe someterse á las condiciones del medio en que se desenvuelve. De lo contrario será como la débil yerba arrojada en medio de un torrente impetuoso: las aguas la arrollarán, la desharán y desaparecerá sin dejar ni la huella siquiera de su paso transitorio.

Solo los afortunados de la vida, aquellos que voluntariamente pueden prescindir de lo que les rodea, y á quienes la casualidad permite disponer de los recursos suficientes para abstraerse y hacer aquí una vida silenciosa como podrían hacerlo en París ó Pekin, son los únicos que harán excepcion á la regla. Esos viven en una atmósfera tranquila, "donde imperan fuertes y soberanas la autoridad y la tradicion científicas, y es

lícito entónces á quien piensa y estudia, ve-
lar á la lámpara solitaria, sin cuidado y preo-
cupacion de lo exterior, fijos los ojos en
aquellos serenos templos de la antigua sabi-
duría que cantaba Lucrecio:

Edita doctrina sapientum templa serena!"

No hay que estrañar que esos sean los
ménos y aun quizá que su presencia pase
desapercibida y sin dar á las letras de su
pátria los frutos que debieran.

¿Gana ó pierde con ello la cultura nacional? Contestaremos con un profundo pensador moderno: "Senténcielo quien pueda: yo
solo diré que es hazaña casi imposible torcer
su propia naturaleza, y resignarse á las
escondidas y modestas caricias de la investigacion erudita y de la depuracion histórica,
cuando estimulan á un tiempo el acicate de
la comun alabanza, el noble ardor de *echar
su apellido* y convocar gente para las batallas de su tiempo, el númen avasallador de
la propia elocuencia, y quizá el generoso

temor de pasar por egoista y escéptico, es-
cudriñando y discutiendo lo antiguo, miéntras
la tormenta de estos dias brama á sus
puertas."

Nada debe, pues, asombrarnos que las
manifestaciones intelectuales sean relativamente escasas entre nosotros. Las letras de
la época contemporánea, en otras partes del
mundo, abren el camino al bienestar y á la
fortuna, sea por el periodismo, por el teatro
ó por la librería: en los paises nuevos, solo
lo hacen por el periodismo, y aun así mismo
en determinadas circunstancias y bajo la es-
tricta condicion de ponerse al diapason de
la generalidad.

Durante las épocas de lucha ardorosa,
son mas escasas aun si cabe esas manifestaciones literarias, porque todos se sienten
atraidos por el clarin de la batalla y carecen
de la musa suficiente para detenerse á contemplar y á escribir. Pero en los períodos de
reaccion, sobre todo en los primeros momentos de la natural lasitud que provoca al cesar

un esfuerzo demasiado prolongado, suele producirse alguno que otro hecho aislado que conviene recoger á su paso, siquiera para que de ello quede la debida constancia.

Tal ha sucedido con las dos novelas que, con pocos meses de diferencia, han publicado los Sres. Cárlos M. Ocantos y Julian Martel. El libro del primero, titulado *Quilito*, ha sido escrito y publicado en Europa, donde aquél residía en el carácter de secretario de la legacion argentina en España; el otro, *La Bolsa,* fué primeramente dado á luz en el folletin de *La Nacion.* Ambos han tomado por objetivo de sus estudios, describir la Bolsa y la fiebre de especulaciones bursátiles que entre nosotros reinó del 87 al 89, tratando de analizar sus resultados desastrosos. El tema ha sido mirado de diverso punto de vista y trata de una cuestion palpitante. Todos, de cerca ó de léjos, por intervencion propia ó de oídas, conocemos en su conjunto y con mas ó ménos detalles la época allí descrita.

La sociedad argentina tuvo en aquel entónces un carácter definido y típico. ¿Presentan estos libros una pintura exacta de aquel
estado de cosas? ¿Podrán en un futuro mas
ó ménos lejano servir como documento literario fidedigno para que por sus páginas se
juzgue á la sociedad del país en aquella
época?

¿No será acaso esta clase de libros tachada
de manifiesta parcialidad y tendrá por ende
que prescindir de ella en definitiva la Historia? Por el contrario, la pasion misma que
los ha inspirado y que por ejemplo en este
caso les hace recargar los tintes en algunos
detalles: *viz,* en lo que á los hombres de gobierno se refiere - punto que escapa al objetivo de este artículo, – les comunica cierta
palpitacion de vida que los recomendará
como documentos para el futuro historiador.
Porque es sabido, para usar las palabras de
un notable crítico, "que la historia clásica es
grande, bella é interesante, no por lo que los
retóricos dicen, sino por todo lo contrario;

no porque el historiador sea imparcial, sino, al revés, por su parcialidad manifiesta; no porque le sean indiferentes las personas, sino al contrario, porque se enamora de unas, y aborrece de muerte á otras, comunicando al que lee este amor y este ódio; no porque la historia sea en sus manos la maestra de la vida y el oráculo de los tiempos, sino porque es un puñal y una tea vengadora; no porque abarque mucho y pese desinteresadamente la verdad, sino porque abarca poco y descubre solo algunos aspectos de la vida, encarnizándose en ellos con fruicion artística."

Hay que tener en cuenta el medio ambiente en que ambos novelistas se desenvuelven. Cuestion tan importante solo de paso puede aquí ser mencionada.

El señor Martel en una frase pinta el rasgo prominente: "Allí donde el dinero abunda, rara vez el patriotismo existe. Además de eso, el cosmopolitismo, que tan grandes proporciones va tomando entre nosotros, hasta el punto de que ya no sabemos lo que somos, si franceses ó españoles, ó italianos, ó ingleses, nos trae, junto con el engrandecimiento material, el indiferentismo político, porque el extranjero que viene á nuestra tierra, naturalícese ó no, maldito lo que le importa que estemos bien ó mal gobernados. Haya dinero, prospere su industria, esté bien remunerado su trabajo, y él se rie de lo demás. Ahora bien, lo·peor del caso es que nos ha contagiado este culpable egoismo importado."

Tiempo pasará sin duda ántes que la civilizacion del continente americano se parangone con la del europeo. En los mismos Estados Unidos dónde, á estar á la opinion de sus críticos mas acerbos, ha sido satisfactoriamente solucionado el problema político y el de organizacion social, ya que allí funciona en general de una manera admirable su sistema constitucional y que la poblacion es tambien en general homogenea y sin distincion de clases—falta aun mucho para que el problema humano, el que caracteriza á la civilizacion misma, esté en vías de resolverse.

Arnold, estudiando dicho país despues de haberlo recorrido, dice con suma justicia: "No se hable tan solo de la magnitud de la industria y del comercio; del beneficio de las instituciones, de la libertad y de la igualdad; del grande y creciente número de iglesias y escuelas, bibliotecas y periódicos; dígase si esa civilizacion — que es el nombre genérico que se da á todo ese desarrollo, — si dicha civilizacion es *interesánte*." El notable crítico inglés entra en seguida á examinar minuciosamente si lo que hoy se llama civilizacion yankee " es interesante." El resultado de su estudio es desconsolador: falta á dicha civilizacion la distincion y la belleza, condiciones que forman la esencia misma de lo interesante, y que son las dos cualidades únicas que en la historia universal hacen sobrenadar la cultura de ciertos pueblos, convirtiendo á algunos en cuasi-modelos, como al griego, por el grado de relativa perfeccion que allí alcanzaron aquellas cualidades.

No es posible seguir aquí en detalle tan
importante demostracion, pero ¿si tal es la
situacion de los Estados Unidos, nuestro modelo relativo, del cual aun nos encontramos
tan léjos, cuyo desenvolvimiento anterior estamos recien imitando, - qué se podría decir
al respecto en la Argentina?...

Tratemos, pues, de separar en lo posible,
siguiendo el precepto del Estagirita, lo universal de lo relativo, ó sea la parte general
de lo que es claramente particular; de modo
que estas novelas nos permitan echar una
mirada á las cuestiones de interés comun,
dejando de lado lo que es tan solo accidental
y peculiar á la trama literaria.

Hemos visto ya cual es el criterio con que
deben juzgarse los acontecimientos de que
aquellos libros se ocupan, en los paises nuevos, y por ende en la Argentina. Veamos
ahora como consideran ambos novelistas á
la especulacion misma, causa generadora de
la crísis cuyo espectáculo ha inspirado sus
libros.

¿Tiene la especulacion argentina caractéres que la diferencien del mismo fenómeno en otras partes del mundo?

¿Cómo se ha encarado por ambos novelistas el cortejo de llagas sociales que trae como consecuencia la crísis misma cuyas manifestaciones estudian?

IV

Entramos, pues, á la faz mas interesante de las cuestiones que provocan los libros de Ocantos y Martel: la índole de la especulacion, sus efectos y sus resultados — las tremendas crísis financieras.

Esa cuestion, en sí misma llena de interés, lo es aun mas para la Argentina por razon de las excepcionalísimas circunstancias actuales.

Los economistas que siguen paso á paso estas cuestiones han calculado que para fines de 1892 se produciría en el mundo entero una crísis monetaria sin precedente en la historia, y al lado de la cual nada serían los

terribles cataclismos financieros de 1819,
1837, 1857 y 1873. Si esa prediccion se rea-
lizára, ella tomaría á nuestro país en el peor
de los momentos.

La Europa misma se convence hoy de que
la crísis argentina no ha sido sinó una faz de
la crísis general. Sin mencionar el reciente
estruendoso *krach* de Berlin y la quiebra su-
cesiva de los bancos alemanes mas podero-
sos, como el de Hirschfeld y Wolff y otros;
en Lóndres no hay uno que no comprenda
que el esfuerzo hecho por el Banco de Inglaterra y sus asociados para evitar el pánico de la quiebra de Baring Brothers solo
ha postergado el estallido de la crísis. Hoy
la situacion de los capitalistas europeos es
terrible: su dinero, prestado á tipos usura-
rios á los paises nuevos, como Australia, las
naciones sud-americanas, etc., corre grave peligro y por lo ménos está condenado á
una espera larga, bien larga. El dia que los
tenedores de esos títulos se vean forzados á
lanzarlos al mercado, el derrumbe será colo-

sal. Recien entónces se apercibirán los prestamistas que no impunemente puede abusarse de los solicitantes y que el interés usurario tiene tambien sus peligros sérios.

Además, es un hecho indiscutible que en las grandes Bolsas europeas los títulos mas sólidos están hoy terriblemente inflados: la mas pequeña causa que produzca desconfianza, provoca el derrumbe de los valores. El crédito lógicamente tiene entónces que contraerse y la masa colosal de negocios que hoy se realiza con simples documentos de crédito, deberá efectuarse en moneda. Esta es, fuera de duda, insuficiente para bastar á una décima parte de las transacciones corrientes, de manera que se producirá una crísis monetaria profunda que puede fácilmente degenerar en cataclismo. Para el que sigue de cerca el movimiento financiero europeo, el *krach* bursátil allí no se hará esperar muchos meses. ¿Qué vendrá despues? ¿Podrán aquellos hábiles financistas conjurar la gravísima crísis que se prepara?

Una crísis local se desenvuelve y resuelve segun leyes conocidas: una crísis universal, dado el desarrollo y el estrecho vínculo que liga hoy á todas las plazas monetarias, sería un fenómeno de un alcance singular.

No es de este lugar entrar á investigar la razon de la anunciada crísis: los que siguen el movimiento económico de los demás paises encontrarán desgraciadamente que la prediccion va en camino de cumplirse. La crísis argentina se complicará, pues, con una crísis general.

Veamos como los dos escritores argentinos han considerado esta cuestion; cómo han descrito la crísis, tomándola en el aspecto típico de *krach* bursátil. Y será curioso quizá comparar esas impresiones con las de otros escritores que han estudiado análogo momento en otros paises, para darnos cuenta de los puntos de contacto ó de divergencia en este sentido.

Mas adelante podremos examinar como los mismos novelistas nacionales, localizando los efectos de la crísis, han analizado sus causas y sus resultados. Tanto el Sr. Ocantos como el Sr. Martel, á pesar de concretarse exclusivamente á la faz bursátil de la crísis, han tenido que estudiar forzosamente tantas y tantas cosas conexas.

Un novelista ha caracterizado, en un ruidoso libro, la esencia misma de la especulacion, con estas palabras:.

"Comprended una vez por todas que la especulacion es el rodaje central, el corazon mismo de las empresas gigantescas. Si! atrae la sangre, la toma por doquier en forma de pequeños arroyos, la acumula, la lanza de nuevo en rios verdaderos en todas direcciones; establece una enorme circulacion del dinero, que es la vida misma de los grandes negocios. Sin él los grandes movimientos de capitales, los grandes trabajos civilizadores que son su consecuencia, serían radicalmente imposibles. Es como respecto de las sociedades anónimas; ¡cuánto se ha repetido que eran garitos manejados por tahures! La verdad es

que sin ellas no tendríamos ni ferro-carriles,
ni ninguna de las enormes empresas moder-
nas que han transformado el mundo; pues
ninguna fortuna aislada habría bastado para
realizarlas, como tampoco se hubiera encontrado el hombre ó el grupo de hombres ca-
paz de correr con el riesgo. El riesgo: todo
está ahí, y la grandeza del objetivo tambien.
Es preciso un proyecto vasto, cuya amplitud
hiera la imaginacion; es necesaria la esperanza de una ganancía considerable, de una
suerte de lotería que decuple el aporte hecho, cuando no lo arrebata; y entónces las
pasiones se encienden, la vida afluye, cada
uno trae su dinero y se puede transformar
la tierra.

"Qué mal hay en ello? Los riesgos que se
corren son voluntarios, repartidos en un número infinito de personas; desiguales y limi-
tados, segun la fortuna y la audacia de cada
uno. Se pierde, pero se gana; se espera un
buen número, pero se debe estar preparado
á sacar uno malo, y la humanidad no tiene

ensueño mas tenáz ni mas ardiente que tentar al acaso, obtener todo de su capricho, ser rey, ser Dios!"

¿En qué página de *Quilito* ó de *La Bolsa* hemos leido esas líneas?

Si Zola al escribir su ya famosa novela *L'Argent* se hubiese referido á Buenos Aires y al pasado período de especulacion bursátil, no habría podido caracterizarlo mejor. Pero es porque la especulacion de Bolsa considerada en sí misma, presenta idénticos caractéres en todas partes del mundo; son sus antecedentes y consecuencias las que se diferencian y las que le imprimen peculiaridades dadas, segun el país y la época.

Solucionadas radicalmente, al parecer, nuestras cuestiones tradicionales con la capitalizacion de Buenos Aires el 80, pareció entrar el país de lleno en una via de progreso estable. Pasado el primer momento de estupor, resignados hasta los recalcitrantes y convertidos los incrédulos, todos nos entregamos con ardor al trabajo. La naturaleza, benigna siempre, colmó por una parte nuestros esfuerzos; la opinion del extranjero principió á hacernos justicia; pronto afluyeron prudentemente capitales, principió á transformarse el país, cundió por doquier su fama, elevóse un coro universal de alabanzas en su loor, y gentes y dineros se precipitaron á estas tierras desde la Europa, cubriéndonos por completo, á la manera como las aguas del Nilo en sus inundaciones periódicas cubren las planicies del Egipto — si bien al retirarse nuevamente, dejan tras sí el limo fecundante que trasportáran en su seno.

El país fué poco á poco precipitando su desarrollo: la máquina social principió á funcionar con vapor cada vez mayor, y pronto la trepidacion de los resortes fué tal, que no se oyó en la República entera mas que el ruido ensordecedor que producían esas calderas en ebullicion cada vez mas y mas forzada.

La Bolsa, por último, apagó con el clamoreo de sus ruedas, el ruido de las fábricas y del trabajo honesto pero lento, y principió el vértigo gigantesco de las fortunas labradas de la noche á la mañana, de las cosas compradas á vil precio y revendidas por caudales. Minerva y Céres enmudecieron: Mercurio esforzó aun más sus gritos atronadores.

Y la mayoría de las gentes, renovando el pasaje bíblico que Moisés nos refiere relativo á la adoracion del becerro de oro en el desierto, principió á abandonar sus campos, sus fábricas y sus escritorios, para empujarse y codearse, jadeantes, enloquecidos, en los pocos centenares de metros cuadrados de la sala de la Bolsa, como si la vida entera se hubiera retirado del país y se hubiera reconcentrado en aquel recinto. Y al ruido del dinero que parecía multiplicarse, se fundaban empresas á cual mas audaces, se construían barrios enteros, se hacían vías férreas, puertos, mercados, mil otras obras, realizadas en su mayor parte, principiadas otras en escala verdaderamente ciclópea.

La fiebre se apoderó de todos; subía de grados por dia y eran impotentes á dominarla las mas fuertes dósis de quinina. Aquella carrera loca, desenfrenada, insensata de la mayoría hácia una fortuna, cuya cifra jamás era suficiente, recordaba los tiempos célebres de la "fiebre del oro" en las costas del Pacífico, que una discretísima novelista argentina, la señora Juana Manuela Gorriti, ha descrito en *Un año en California*.

"El juego era dueño de la ciudad. Desde la mañana hasta la noche y desde la noche hasta la mañana se jugaba sin interrupcion, perdiendo ó ganando sumas enormes. Los mineros venidos del interior para renovar sus provisiones, exponían en la mesa de juego todo el polvo de oro que les quedaba. En las casas de juego era donde se daban cita, donde los comerciantes discutían y concluían sus negocios, donde se efectuaban las compras y las ventas de terrenos, en medio del humo de los cigarros y de las pipas, del murmullo de las voces, de las imprecaciones de los jugadores arruinados, de los altercados y de las riñas."

Tan anormal situacion tenía que provocar violentísima reaccion: el *krach* inevitable, fatal, pronto se dibujó lejano acercándose á paso redoblado. Muchos lo vieron venir, pero la atmósfera que se respiraba era tan terrible y tan excitantes las emociones que se experimentaban, que la mayoría, creyendo siempre poder retirarse á tiempo, concluyó por ser arrollada por el ciclon desencadenado que barrió cuanto encontró á su paso.

Pero oigamos como describe la situacion en su momento crítico, uno de los novelistas argentinos arriba mencionados. Dice el señor Ocantos en *Quilito:* "Todos los dias hábiles, es tal la afluencia de gente en la Bolsa, que diríase ermita de santo milagroso en dia de romería. Por ambas puertas, porque tiene dos entradas, y es por eso tan difícil de guardar, llegan, salen, se tropiezan, se codean los neófitos y los iniciados en el culto del sagrado becerro, que van á prosternarse

ante el ara y á consultar el oráculo; no da
este á conocer sus sentencias por medio de
epiléptica pitonisa, sentada en su trípode
y acompañada de truenos y relámpagos,
sino por modesto civil que, tiza en mano,
los traduce fielmente sobre negro pizarron,
y son escuchadas con avidez y recogidas y
trasmitidas de los que salen, á los que entran,
de estos á los que llegan despues, y de los
últimos que se retiran, á la ciudad inmensa,
que espera anhelante, como si de la cotizacion bursátil dependiera su bienestar y su
porvenir, y se regocija ó alarma, respectiva·
mente."

Y en el punto culminante de su intriga,
agrega el escritor: "La Bolsa presentaba un
aspecto imponente; un rumor inmenso lle-
naba el vasto local, como huracan que ruje
en la selva, y la atmósfera parecía cargada
de tanta electricidad, que era inminente el
incendio, si estallaba la chispa. Y todos, api-
ñados, ahogados, torturados por una tension
de nervios insoportable, volvíanse ansiosos,

deseando ver saltar, por fin, la chispa salva-
dora, en la esperanza de que la bóveda se
abriera y se desplomara la fábrica y se hun-
diera el mundo entero. El humo de los cigarros y el polvo de las pisadas formaban una
nube azulada sobre las cabezas, que el sol
doraba con sus rayos, al pasar por las altas
vidrieras; la rueda era como la roca, contra
la cual se estrellan las oleadas tempestuosas:
allí los gritos eran mas fuertes, los apóstro-
fes mas rudos, la lucha mas reñida, mas desesperada, mas implacable; los bastones, esgri-
midos por brazos que la pasion enardecía
hasta la epilepsia, se levantaban amenazado-
res. Como monton de hojas secas que el
viento arremolina, arrastra y desparrama,
los grupos se movían, atropelladamente, se
formaban y se disolvían, dominando el fragor
del tumulto, alzábase una voz:—¡Oro á 325!
é inmediatamente un alarido colosal la apa-
gaba, recorriendo todos los ámbitos de la
sala estremecida.

"Desde la mesa en que Rocchio se había

refugiado, distinguiase el fúnebre pizarron;
las cifras aparecían tan claras, tan netas, tan
blancas, que producían el vértigo: el oro,
como habilísimo acróbata, daba saltos mortales: 325, 330, 336, 340... dos puntos, cinco,
diez puntos de golpe! y ahí quedaba con un
pié en el trapecio y en el aire el otro, pronto
á dar nuevo salto, delante del público ater-
rado, que seguía sus movimientos con espantosa ansiedad. Los demás valores bajaban
rápidamente, como piedras que ruedan la
pendiente de un precipicio. Las acciones y
las cédulas, de toda especie y categoría,
ensayan posturas de equilibrio, se esfuerzan
y luchan por sostenerse, pero á paso de
cangrejo, á reculones, van perdiendo terreno
y caen, las alas rotas. El oro hace una ca-
briola y del 40 baja al 35, de este al 29 y
luego al 28; los pechos respiran con mas
facilidad... ¡cinco puntos de golpe! esto
animará quizás á las cédulas, y las acciones
saldrán de su postracion. Pero ellas no se
mueven, y el oro, de repente, salta del 28

al 42, en medio de la gritería del público desengañado..."

Evidentemente, la escena está puesta de relieve: parece que el lector asistiera al momento psicológico del derrumbe.

El Sr. Martel, por su parte, describe análoga situacion, en *La Bolsa,* de la siguiente manera:

... "Un tímido resplandor penetraba por las altas vidrieras, y despues de juguetear en las doradas molduras del techo, iba á embotarse en las paredes pintadas de color terracota, dejando al salon envuelto en aristocrática penumbra. Reinaba allí esa misteriosa media luz que las religiones, amigas siempre de rodearse de misterios, hacen predominar en sus templos. Pero el carácter de solemnidad que tal circunstancia pudiera imprimir al recinto, era frustrado por el contínuo ir y venir de gente, y el rumor de las conversaciones que se levantaba envuelto en el vaho de los cigarros.

"Á través de las grandes y majestuosas

arcadas que unen al salon central con los la-
terales, se veía moverse una muchedumbre
compacta, numerosa, inquieta. Notábase mucha agitacion en los diversos grupos por
entre los cuales se divisaban de vez en cuando
esas figuras pálidas, trémulas, nerviosas, que
solo se ven en la Bolsa en los últimos dias
de cada mes; figuras que suelen representar
á los protagonistas de tragedias íntimas, es-
pantosas, no sospechadas. El doctor se abrió
paso como pudo, hasta que consiguió llegar
á la reja que limita el recinto destinado á
las operaciones, vulgo rueda.

" Agolpábase á aquella reja una multitud
ansiosa, estremecida por corrientes eléctricas.
Se veían pescuezos estirados en angustiosa
espectativa, con la rigidez propia del juga-
dor que espera la salida de la carta que ha
de decidir la partida; ojos desmesuradamente
abiertos, siguiendo con fijeza hipnótica los
movimientos de la mano del apuntador, el
cual, subido sobre su tarima, anotaba las
operaciones en las pizarras que, negras, cua-

dradas, siniestras, se dibujaban como sombras en la pared del fondo.

" En medio de ellas se destacaba la blanca
esfera del reloj, sereno é imperturbable como
el ojo vijilante del destino; la esfera de aquel
reloj que era lo único que permanecía inal-
terable en aquel lugar de donde la tranquilidad y la estabilidad de las cosas están des-
terradas para siempre; la esfera de aquel
reloj que había señalado tantas horas gratas
y tantas horas amargas, y que ahora miraba
al doctor como diciéndole: " ya veremos,
amigo mio, ya veremos."

" La rueda estaba muy animada. Salía de
ella un estrepitoso vocerío, una algarabía de
mil demonios: voces atipladas, roncas, sono-
ras, de tenor, de bajo, de barítono, voces de
todos los volúmenes y de todos los metales.
Los corredores parecían unos energúmenos;
mas tenían el aire de hombres enredados en
una discusion de taberna, que el de comerciantes en el modo de realizar sus operaciones. Y no solo gritaban como unos locos,

sino que tambien gesticulaban y accionaban como si estuviesen por darse de bofetadas."

" Y, sin embargo, allí estaba la flor y nata de la sociedad de Buenos Aires, mezclada, eso sí, con la escoria disimulada del advenedizmo en moda..."

Mas adelante, en pleno *krach* ya, agrega lo siguiente: "... desembocan en la galería, encaminándose hácia el interior de la Bolsa. Á cada paso tropiezan con hombres agitados, febriles, de caras patibularias, con el pánico impreso en sus rostros atónitos. Llegan al salon central y lo atraviesan con mucho trabajo, porque la aglomeracion de gente es tan grande que apénas les permite dar un paso. ¡Qué aspecto el de aquel salon! En los corrillos reina una animacion desusada. Se oyen salir gritos de protesta, lamentaciones rabiosas, exclamaciones de furor impotente. La atmósfera está impregnada de un inmenso pánico ruidoso..."

Es por completo otra faz del espectáculo, estudiada con un criterio no ménos pene trante y descrita con un colorido singular.

Pero veamos como análoga escena ha sido descrita en el ya citado libro de Zola:

" El terrible tumulto era tal, en medio de una gesticulacion epiléptica, que los corredores no se oían ya. Y, entregados al furor profesional que los agitaba, continuaron por gestos, puesto que los sonidos de bajos cavernosos de los unos abortaban, miéntras que el tono de flauta de los otros se adelgazaba hasta el silbido.

" Se veían abrirse bocas enormes, sin que de ellas pareciera salir ruido alguno perceptible, y solo hablaban las manos, un gesto de adentro para afuera, que ofrecía; otro gesto de afuera para adentro, que aceptaba; los dedos levantados indicaban las cantidades, las cabezas decían sí ó no, de un signo. Era ello, comprensible únicamente para los solos iniciados, como uno de esos accesos de demencia que invaden á las turbas. Arriba, en la galería del telégrafo, se veían inclinarse cabezas de mujer, estupefactas,

espantadas, ante tan extraordinario espectáculo. En la renta, se habría creido en una
lucha á brazo partido, no se columbraba mas
que un grupo compacto, encarnizado y re-
partiendo golpes de puño, miéntras que la
doble corriente de gente que atraviesa ese
lado de la sala, disolvía los grupos, deshechos y rehechos sin cesar como remolinos
agitados.

" Entre la rueda y el mostrador, por encima de la tempestad desencadenada de las
cabezas, no había sino tres empleados, sen-
tados en sus altísimos bancos, que sobrena-
daban como vestigios de un naufragio, con-
juntamente con las grandes manchas blancas
de las anotaciones, garabateadas á derecha
é izquierda, gracias á la fluctuacion rápida
de las cifras que se les gritaba. En el recinto
del mostrador sobretodo, el choque era es-
tupendo, una masa compacta de cabezas, ni
siquiera caras; un hormigueo sombrio que
interrumpían aquí ó acullá las notas blancas
de los memorandums, agitados en el aire. Y

en la rueda, al rededor de la barandilla que
las órdenes estrujadas llenaban en aquel instante como de una flora de diversos colores,
entre cabellos canos y cráneos lustrosos, se
distinguía la palidez de las fisonomías ater-
rorizadas, manos estendidas febrilmente, toda la mímica danzante de los cuerpos, que
parecían próximos á devorarse si la baranda
no los hubiera contenido

"Ese trenzamiento de los últimos momentos se había apoderado tambien del público;
la gente se condensaba, se ahogaba en la sala, un ruido enorme de millares de piés, un
desbande de rebaño numeroso empujado en
estrecho zaguan; y, únicamente en medio del
desteñimiento de las levitas, solo los sombreros de copa alta relucían heridos por la luz
difusa que derramaban las altas vidrieras.

"Pero bruscamente un sonido de campana
atravesó el tumulto. Todo se calmó, los
gestos se contuvieron, las voces se callaron,
en el mostrador, en la rueda, en la renta. No
quedaba sino el sordo murmullo del público,

semejante al ruido continuado de un torrente encauzado nuevamente en su lecho, y que normaliza su curso... "

Estos grandes cataclismos bursátiles tienen un carácter casi idéntico en todos los paises. Sin duda el comercio, y sobre todo la alta banca y la especulacion, tienen hoy un marcado sello de cosmopolitismo, y el dinero no reconoce pátria ni época. Pero no busquemos la analogía con Europa, cuyas naciones obedecen á leyes normales diversas de las nuestras: volvamos nuestros ojos á los Estados Unidos, fatalmente colocados por la fuerza de las cosas en la categoría de modelo nuestro.

Un escritor yankee, en una novela notable bajo mas de un concepto, *Plutocracy,* ha estudiado igualmente estos fenómenos y su repercusion en el país. Tambien ha tenido que describir un *krach* famoso, tanto ó mas que el de la "Union Générale" que sirve de fondo al libro de Zola; ó el del "Constructor" que forma la tela del de Ocantos; ó el del "Nacional" á que parece referirse Martel.

Pues bien, Mr. Norwood, refiriéndose al *krach* del oro á raiz de la guerra de secesion, ó sea lo que en el hablar yankee se conoce por "Black Friday"—su Viérnes Negro,—se expresa así:

"... Despues de ser estrujados, golpeados y pisoteados por hombres y muchachos, corriendo llegamos á New Street. Habían allí hombres en mangas de camisa, otros sin sombrero, otros huyendo despavoridos al grito de "paso, paso." Un millar de hombres ocupaba un espacio de 60 por 100 piés en dicha calle, codeándose y luchando por penetrar en las puertas de la Bolsa, y tratando de ver lo que pasaba dentro... Ninguna palabra, ni pluma, ni pincel, podría referir, des-cribir ó esbozar la escena que pasaba en el salon del oro de la Bolsa en ese momento. Cualquiera que haya tenido la horrible experiencia de haberse encontrado en un teatro lleno, en el instante en que de la escena se oye el grito de "fuego, fuego" y se ven instantáneamente aparecer las llamas rojizas

lamiendo las bambalinas; y que haya tenido
la calma suficiente para observar el efecto
de terror, despues la disparada, los gritos de
las mujeres, los lamentos de agonía al ser
derribados, pisoteados, deshechos; el coro
horripilante de miles de voces humanas con
esos sonidos extrañamente impresionantes
que inspiran la rábia y la desesperacion; que
haya esperimentado cómo en aquel trenzamiento sin cuartel su ropa se desgarra y solo
con pedazos de trajé logran llegar, si llegan,
á una ventana ó puerta,—comprenderá cuán
ineficaz sería toda tentativa para describir
esta escena.

"La espantosa confusion no habría sido
mayor si se hubiera encerrado allí un millar
de dementes, poseido cada uno de la idea fija
de que iba á ser despedazado ó quemado
vivo si no vendía ó compraba una cierta cantidad de oro en el menor tiempo posible.

" El rasgo mas prominente de la escena, era
el que caracteriza todo caso de incendio, naufragio, terremoto ú otro peligro análogo: el

mas desapiadado egoismo. Ningun hombre
se preocupaba de los demás. La palabra
"oro" era el trapo rojo que enloquecía á todos. Se gritaba, chillaba, corría y saltaba.
Algunos, encaramados en sillas, eran voltea-
dos por otros que corrían inconscientemente
contra ellos. Muchos quedaban exhaustos
de tanto gritar y presentaban un aspecto de
profunda desesperacion, porque estaban mo-
mentáneamente afonos. Otros corrían al
rededor del salon sin objeto ni propósitos,
como si un garrotazo en la cabeza los hubiera dejado inconscientes. Se habían vuelto,
á la verdad, insensibles porque ni siquiera se
daban cuenta si vendían ó compraban oro.
Unos pocos estaban como petrificados y no
daban señales de apercibirse de lo que pasaba. La mayoría había tirado sus sombreros
y trataba de salir, olvidándose de que iban
con la cabeza descubierta—miéntras que en
un abrir y cerrar de ojos sus sombreros eran
achatados y desmenuzados por los otros que
ni siquiera lo notaban.

" Un hombre, en apariencia tranquilo, estaba vendiendo oro. Los compradores habían hecho rueda compacta á su derredor y
era tal el empuje, que los de atrás trepaban
sobre los hombros de los de adelante para
ser oidos del vendedor. Como mercurio encerrado en un tubo y expuesto al calor de
un sol de verano, el oro continuaba subien-
do rápidamente.

—"Á 140 tomo 10,000 oro!

"Y ántes que el vendedor pudiera anotar
en su cartera el nombre, cantidad y precio,
oye "á 145 tomo 20,000;" otro comprador
al instante grita que dá 150, otro 155; otros
que se encuentran cerca se mesan los cabellos de asombro desesperado, y son pronto
ensordecidos por el coro confuso de nuevos
y nuevos compradores que aumentan y aumentan sus ofertas como si de aquel instante
dependiera la salvacion de su alma ..."

Se ve, pues, que tanto la especulacion
como su resultado fatal: el *krach*, presenta
caractéres casi idénticos en todos los paises

del mundo. Podría proseguirse este estudio comparado tomando la pintura que de las crísis de Lóndres, Viena y Berlin nos presentan los novelistas nacionales; pero lo aducido basta á nuestro objeto.

Pero ¿ tienen esas crísis los mismos efectos en todos los paises? ¿Permite la situacion argentina esperar que nuestra crísis actual tenga mas rápida solucion?

En los otros paises esas crísis eminentemente financieras han estado ligadas á los demás mercados; por manera que una reaccion natural se ha producido pronto. En Europa, á veces las crísis mas fuertes han obedecido á causas pasageras, sin afectar sériamente la riqueza nacional: de ello es elocuente ejemplo, el período que en Alemania sucedió á la contribucion de guerra franco-alemana (el *gründungs-schwindel*). Otras veces, como en el caso de Viena, de Florencia, de París, el excesivo derroche provocado por los colosales trabajos de embellecimiento de dichas capitales, produjo crísis agudas pero locales. Las mas terribles, sin duda, son las de Lóndres, por cuanto aquella plaza constituye el mercado financiero del mundo entero.

Hoy, por ejemplo, se prepara en Estados Unidos una crísis financiera terrible y que quizá traiga como consecuencia el curso forzoso en toda su desnudez, es decir, al lado de la cual nada serían los pánicos de 1873 y 1877

Entre nosotros la crísis ha sido evidentemente producida por los abusos del papel inconvertible, la exageracion del crédito personal, y la superabundancia del capital extranjero, pues todo ello trajo como consecuencia la insensata especulacion en terrenos, la increible inflacion de los valores, tanto mobiliarios como inmobiliarios, y una situacion del todo ficticia, inestable, enfermiza. Pero el país permanece sano; prósperas sus campañas; su produccion de frutos agrícolas y pastoriles en aumento constante.

La inconsiderada emision de papel moneda

es, en la opinion general, una de las causas
mas importantes de la crísis actual. La ley
de bancos libres en teoría era excelente,
salvo algunas deficiencias en la parte que se
diferenciaba de la análoga ley norte-ameri-
cana, pero en la práctica dió resultados contraproducentes por cuanto el oro amonedado
que habría debido ser depositado, fué en algunos casos sustituido con letras, y vino así
á quedar ilusoria la garantía metálica del billete fiduciario.

Ciertamente la opinion anticuada de los
tratadistas clásicos, de que toda emision de
papel moneda debe estar representada por
un encaje metálico de la tercera parte de su
valor, hoy dia es repudiada por todos. El
desarrollo de las transacciones en nuestra
época ha restringido de tal manera el uso del
metálico, que en los paises cultos el oro casi
no se ve en circulacion; el papel moneda que
no es sino la representacion mas cómoda de
la incómoda moneda sonante, circula en todas
las transacciones secundarias, pero en todo

asunto de mediana importancia, los pagos
se hacen por cheques sobre depósitos, ó
cuando se trata de cantidades considerables
ó de asuntos bancarios, por medio de compensaciones en los libros. Así en la Gran Bretaña, las nueve décimas partes de las transa-
ciones de dinero se efectúan por el sistema
de compensaciones, en sus *Clearing Houses;*
ó de cheques comunes, no viéndose en circulacion para ello ni una moneda de oro, ni un
billete papel; y en la décima parte restante
corre á la par del papel la moneda fraccio-
naria.

La confianza pública y la estabilidad de
las instituciones, es lo que hace posible semejante perfeccionamiento. Aun entre nosotros no hemos llegado á ese punto, ni lle-
garemos en muchos años, miéntras seamos
país nuevo y de inmigracion. Hay, pues,
que tomar las cosas como son.

De nada nos serviría tener inmovilizado en
nuestros Bancos un encaje metálico equivalente á la tercera parte de nuestra circulacion

fiduciaria: eso solo, no valorizaría nuestro billete. El caso actual de España es típico: á costa de enormes sacrificios está acumulando en las cajas del Banco de España, millones y millones de oro, (lleva ya 155 millones) y sin embargo su moneda papel sigue depreciándose, porque miéntras tanto no se siguen los sanos preceptos de un buen régimen bancario, y hay préstamos sobre títulos aforados por su valor de especulacion, por mas de 280 millones, y la cuenta corriente del Gobierno representa ya mas de 700 millones. Á no ser que logre reunir tanto oro cuanto papel circula, siguiendo ese régimen jamás llegará á la par, y eso mismo será por poco tiempo, ínterim el oro emigra.

No es, pues, encaje metálico lo que necesita el papel moneda para valorizarse:—es buena administracion pública y privada: es la confianza y la fé.

El remedio de la crísis no es, por lo tanto, difícil: toda la cuestion está en aplicarlo.

La crísis es, pues, financiera. No es gene-

ral. Toca á los hombres que se mueven en·
el escenario público estudiar el mal y reme
diarlo.

Pero el estallido de la crísis y sus efectos
inmediatos no han podido ser mejor estudia·
dos, bajo el aspecto social que se proponen
describir, que en los libros aludidos de los
señores Ocantos y Martel.

Puede que sus descripciones, por exactas
que sean, parezcan quizá pálidas á los que
de cerca conocieron la realidad, ó á los que
de léjos pulsaron una á una sus palpitaciones
en las crónicas diarias de los periódicos, y
oyeron las mil versiones que al respecto pro·
palaron los actores del tremendo drama.

La situacion, en efecto, revistió por instan·
tes los caractéres de una epopeya dantesca.
El pánico pavoroso que provocó el *krach*
bursátil trajo como consecuencia el derrum·
be de los terrenos, de la propiedad mobilia·
ria, la absoluta y súbita paralizacion del cré·
dito personal, la repentina desaparicion del
dinero, y todo el obligado cortejo de quie-

bras y de ruinas. En vano quiso apagarse
ese incendio arrojando á las llamas millones
y millones de papel moneda.

¿Que resultó con ello? Que en un abrir y
cerrar de ojos, el crédito personal quedó
muerto; los bancos no supieron á quien prestar los montones de dinero que se apilaban
en sus arcas y abarrotaban sus cajas; nadie
supo quien era rico ó quien pobre; la propiedad raiz ningun valor tenía porque nadie
se atrevía á comprar por precio alguno; los
valores mobiliarios, los títulos de crédito, no
se detuvieron en cotizaciones irrisorias, sino
que desaparecieron por completo de la pizarra de la Bolsa; las mejores firmas se vieron
obligadas á mendigar favores de sus acreedores, no pudiendo hacer frente ni aun á los
compromisos de menor cuantía, porque no
había como vender ni como obtener dinero
por alguno de los medios conocidos hasta
entónces.

La situacion era, pues, intolerable, y todos
comprendían que había pasado ya el mo-

mento en que podía abroquelarse la indeci-
sion tras la faláz doctrina del "*laissez faire,
laissez passer;*" todos pedían á grito herido
hechos, hechos y de nuevo *hechos.*

Y en la desesperacion general se buscaba
una víctima expiatoria, una "cabeza de turco"
sobre la cual descargar la rábia de la impo-
tencia, y, como era natural, el Gobierno —
parte por las razones expuestas, parte sin
duda por la propia culpa fué la víctima
indicada.

Evidentemente las causas de la crísis eran
de carácter general y el país entero había
cooperado á ello; á los espíritus serenos no
se escapaba entónces como no escapa ahora
lo complejo de las causas que provocaban
aquel resultado; pero las muchedumbres no
tienen quizá el tiempo de reflexionar, son
materia inflamable, dispuesta á arder á la
menor friccion, y á producir de esa guisa
incendios colosales. Perdida la confianza, se
principió á desvariar y en un santiamen se
vió dibujarse la avalancha terrible y se

sintieron los efectos del comienzo del fin.

El derrumbamiento se produjo; á la crísis bursátil siguió la revolucion política. Derrocado un gobierno, pareció con esa víctima expiatoria calmarse el mónstruo que amenazaba tragarse al país. Insaciable ha vuelto á comenzar su obra de destruccion — y hoy nos encontramos en pleno desenvolvimiento de la crísis.

Por cierto, cuando hoy se reflexiona sobre los negocios, las especulaciones y las empresas de aquella época, hasta el mas patan se dá aires de entendido y exclama:— ¿pero cómo ha podido hacer tantas tonteras gente que pasaba por sensata? Y se lanza, *ex-post-facto,* á filosofar sobre lo acaecido, para demostrar á alguna víctima desgraciada de aquella fiebre, que debería haber liquidado en tal ó cual momento, cuando el resultado de sus especulaciones le dejaba pingües ganancias, y que no ha debido continuar negociando porque ello lo conduciría á la ruina! Pobre de espíritu! Efectivamente, esa es la filosofía vulgar del éxito: el que triunfa, es hábil; el que pierde, es tonto. Nada mas fácil que mariscalear sobre cómo debía dirigirse una batalla, despues que esta ha tenido lugar; nada mas difícil que dirigirla en el momento mismo en que se lleva á cabo.

Déjese, pues, de hacer reproches inútiles al país y á sus hombres sobre si hubiera sido mejor hacer tal ó cual cosa, ó si en tal momento hubiera convenido tal medida. Solo de espíritus apocados es digna tal conducta. Estúdiese lo sucedido para conocer donde estuvo su lado flaco y á fin de que ese estudio pueda servir para evitar análogos escollos en el futuro. Eso si es un deber de espíritus levantados: el pasado debe servirles de leccion para el porvenir.

No cabe duda que la crísis argentina debido á su carácter parcial — porque si es cierto que el comercio importador y minorista han sufrido; ¿no es acaso ménos exacto que la exportacion y la produccion nacional han prosperado? · ha sido agravada por la

alquimia fiinanciera de las autoridades tanto
nacionales como provinciales y municipales.
Una poblacion de 3.250,000 almas con una
emision fiduciaria de 392 millones de pesos,
sin reserva metálica, con sus bancos oficiales
quebrados, con el agio del oro al rededor
del 400 %, tenía que traer como consecuencia la bancarrota oficial. La sola deuda esterna nacional cuyos intereses anuales supe-
ran á 25 millones de oro, constituye un
problema insoluble, pues ¿de dónde puede
la Nacion sacar 100 millones de papeles cuando todas sus entradas apénas exceden á cin-
cuenta?

El Estado está, pues, fundido y con él las
instituciones oficiales. Pero el país jamás ha
estado mas próspero y jamás su produccion
ganadera, agrícola é industrial ha alcanzado
mas altos precios y ha presentado un porvenir mas brillante, pues miéntras el premio
del metálico no descienda—y en severa lógica, sin un milagro para que esto suceda
tendrán que pasar bastantes años—la pro-

duccion nacional y el comercio de exportacion serán mas y mas favorecidos. Impor·
tando casi nada á lo que nos obliga no solo
el premio fabuloso del oro y los derechos
prohibitivos aduaneros, sinó tambien la general pobreza y consiguiente restriccion en los
consumos,—y exportando cada año un 20 %
mas que el anterior, en pocos años el extran·
jero léjos de ser acreedor del país será su
deudor. Una vez rico el país—rico en dinero,
pues que en sí ya lo es como ninguno el
Estado fundido podrá ser auxiliado por él y
restablecer así el crédito oficial, viniendo á
una via normal.

Para ello hay que liquidar ántes á cualquier precio los malos negocios y ponerse á
fomentar la produccion nacional.

Uno de los conservadores del departa·
mento de manuscritos del Museo Británico—
Mr. F. G. Kenyon—publicó hace algunos
meses el texto del nuevo libro de Aristóteles
sobre la Constitucion de Atenas que, despues
de haberse considerado perdido durante 18

siglos, acaba de ser casualmente descubierto en el Museo. Pues bien, refiere allí Aristóteles que Solon, cuando subió al gobierno de Atenas (en 594 a. C.) y se dió cuenta exacta de la situacion del país y de la terrible crísis que lo agobiaba, cortó el nudo gordiano con su primer decreto, con la *seisachtheia,* es decir una liberacion general y obligatoria de todas las deudas públicas y privadas. Hecha así tabla rasa de todo obstáculo, procedió á organizar á su pátria y la dió las sábias leyes y la condujo á la asombrosa prosperidad que han inmortalizado su nombre.

No es, en los tiempos modernos, posible recurrir al heróico remedio ateniense, pero el nuevo Solon que venga á gobernar este país y á normalizar sus finanzas tendrá sí que esforzar su cerebro si quiere alcanzar ante la posteridad la fama de su modelo, no pudiendo como aquel cortar tan radicalmente el nudo gordiano.

Sin embago, aun cuando tardemos en normalizar de nuevo la situacion del Fisco, la del país pronto principiará á calmar el período álgido de la crisis. El enorme excedente de la exportacion sobre la importacion; el pasmoso desarrollo de las industrias viejas y planteamiento de nuevas; todo ello producido por el agio del oro, la prohibitiva tarifa aduanera y la bancarrota oficial, traerá como resultado un exceso de capital privado que á su vez fatalmente tiene que estimular el consumo. De aquí á cierto tiempo es evidente que la importacion y los minoristas comenzarán á prosperar. Las necesidades de los gobiernos mantendrán por muchos años el agio del oro y la actual legislacion aduanera, por cuya razon la produccion y las industrias seguirán floreciendo. Para los capitalistas europeos la colocacion de capitales es de una utilidad fabulosa ya que por el simple cambio los convierten en 4 por 1 y ya que la agricultura les da un beneficio de 100 por ciento y la ganadería, término medio, de 20 %.

La misma colocacion de dinero en propiedades urbanas, hoy tan depreciadas, es de una ventaja colosal, pues, dadas las reflexiones anteriores ¿cree nadie que un país en estas condiciones tarde en reaccionar?

Sí la política no se propone dar los traspiés mas increibles, la lógica mas elemental prevee para fin de este siglo una de esas reacciones violentas y poderosas, al lado de la cual la inflacion del 87-89 parezca insignificante.

Ojalá todos los paises que sufran una crísis mas ó ménos terrible como la que hoy afecta á la Argentina, puedan como esta exclamar —el Estado está arruinado, los especuladores y parte del comercio tambien, pero el país está mas rico que ántes, produce mas, exporta mas! Una nacion en esas condiciones puede tener confinza en el porvenir y se necesita mucha torpeza en sus acreedores si no la tributan las consideraciones que merece.

Ciertamente la situacion financiera del país es un problema tal que pondrá á prueba á

los hombres de Estado argentinos. Oficial-
mente ha sido reconocido que la Argentina
es el país hispano-americano que mas debe,
ya que su deuda externa é interna, nacional,
provincial, etc., suma en papel de curso legal
la fabulosa cantidad de 2,810 millones, ó sea
al curso de 380 "/$_0$, nada ménos que 760 millones de dollars oro. Esa deuda colosal
habrá que pagarla algun dia, pero ¿dónde
están los recursos? ¿qué plan financiero ha
sido adoptado para hacer frente á semejantes compromisos? *Palabras, palabras* y mas
palabras: ¡he ahí todo! Si se reflexiona que
con relacion á las 3 $^1{}_4$ millones de habitantes, la Argentina debe por cabeza 228 dollars
oro sellado, no se explica como nuestros
hombres públicos solo vivan politiqueando,
víctimas de ese cáncer de la política—ó po-
litiquería—que corroe y arruina á estos paises sub-americanos. Porque si bien el porvenir de estos es evidente y brillante, no lo
es ménos que este crónico desórden admi-
nistrativo y este eterno desgobierno son ca-

paces de malograr las mejores probabilidades.

No nos corresponde detenernos en esa *arena candente*. Así como los combatientes en una batalla, ensordecidos por el estampido de las detonaciones, y limitado su horizonte por el humo de la pólvora, solo pueden darse cuenta del detalle en que se encuentran, sin poder apreciar el conjunto; así quizá no podemos los que vivimos en plena crísis nacional, juzgarla con equidad en sus líneas generales.

Pero sí nos es dado comprender que miéntras tanto el país sigue adelantando, lenta pero seguramente; que en sus campañas se trabaja y se produce; que se economiza; que en esa vía á la larga está la salud. Es cuestion de tiempo.

De las ruinas del *krach*, una vez que desaparezcan los escombros que todavía yacen por el suelo, se verán surgir todas aquellas obras y adelantos que, fruto de la fiebre del momento, causa quizá de la ruina de sus iniciadores, pasan sin embargo al activo del país, añadiendo nuevas joyas á la espléndida corona con que adornó su frente la madre Natura.

Sucede á veces que los hombres mas discretos se exceden en un banquete y pasan el límite tras el cual se encuentra emboscada la embriaguez: al dia siguiente, disipados los vapores del néctar traidor, queda rendido el cuerpo y pesada la cabeza. Pronto se reacciona y, coloreadas las mejillas por sana vergüenza, vuelve el hombre á su vida normal, entregándose con mas ahinco, si cabe, á la labor diaria para borrar hasta el recuerdo del desliz.

Tal acontece con nuestro querido país: tal la reaccion ya producida, y de este gaje de un período sano y honesto se desprende un caluroso *sursum corda* que ha de confortar á los fuertes y dar ánimo á los débiles.

V

¿Qué conclusiones sacan ambos novelistas argentinos del estudio hecho?

Nos encontramos aquí con un fenómeno curioso. Ambos escritores, por diverso camino, llegan al mismo resultado, á la misma filosofía: mas aun, casi se sirven de idéntico razonamiento y de imágenes gemelas.

Resume Ocantos su opinion sobre la Bolsa y su influencia en la vida económica nacional, en las siguientes palabras:

"La niebla se hacía mas espesa y la fachada de la Bolsa adquiría extraño aspecto, detrás de aquella cortina de tules; mister Ro-

bert creía ver en los huecos de las columnas,
en el borde de las cornisas y sobre el marco
de puertas y ventanas, urnas cinerarias y fú-
nebres inscripciones, antorchas volcadas y
figuras de buhos solitarios, el conjunto, en
fin, de las tristes alegorías de los cemente-
rios. Llegaba á leer el *Aquí yace* fatal y de-
letreaba nombres; entre éstos el suyo. An-
tojábasele el edificio, inmenso panteon de
vivos.

" ... Las puertas se abrían sin ruido y
veíanse luces amarillas y nichos que se des-
cubrían por sí solos y tumbas que se desta-
paban, y allá en el fondo una mesa, sobre la
mesa una bandeja y sobre la bandeja mone-
das apiladas, un juego de dados muy cerca,
y de pié, al lado de ella, una figura enmascarada, que bien podía ser Mercurio, á juzgar
por el pié alado, que trataba de disimular,
bajo la vestidura que le servía de disfraz. Y
de cada nicho y de cada tumba salían sombras que, en correcta formacion, avanzaban
hasta la mesa, cada una con un bolsillo de

oro en la mano, y en llegando arrojaban el bolsillo, al mismo tiempo que la figura enmascarada volvía los dados. Una voz siniestra cantaba los números, y á cada cifra, que repercutía lúgubremente bajo las bóvedas, se desprendía una sombra de la mesa, abandonando sobre la bandeja el bolsillo. Luego volvían con otro y mas tarde con otro, y el oro se amontonaba de manera tal, que tocaba al techo en soberbia columna de tentadores chispazos. Y los dados seguían bailando y cantando la voz siniestra. De repente, escuchóse un gran rumor y estallaron, como trueno formidable, las lamentaciones de las sombras; dando ayes dolorosos, se apartaban de la mesa, volvían á sus nichos y á sus tumbas, y registraban los cuatro rincones, buscando una moneda mas que arrojar en la bandeja; las que tropezaban con ella, corrían á ofrecerla á la figura enmascarada, quien, de una vuelta de dados, hacíala desaparecer; las que nada encontraban, gemían la cara contra la tierra. Bien pronto, no se oyó sino el concierto colosal de quejas, que la mala suerte arrancaba á los perdidosos; los dados quedaron quietos y la voz siniestra se apagó. Tímidamente, acercóse una sombra y echó sobre la mesa algo que brillaba como diamantes.—Aquí traigo las lágrimas de mi esposa, dijo, tómelas usted el peso y aprecie bien los quilates. Otra trajo el corazon de su madre, diciendo:—Es de oro macizo. Dos llegaron, entregando la primera un escudo y lá otra una lanza. Esta dijo:—Doy á usted mi nombre; no tiene mella. La del escudo dijo:—Entrego á usted mi crédito; no lleva abolladura. Con arrogancia, una quitó de sus hombros el manto y lo arrojó sobre el tapete, diciendo: —Ahí va mi honra; no tiene tacha. Otra, que aparecía encorvada por el pesar ó por los años, trajo costosa joya, manchada de sangre.—Aquí tiene usted la felicidad de mi hogar, dijo, esas manchas salen con oro derretido. Fueron así todas ofreciendo lo poco que tenían, lo único que les quedaba; y cuando la última vuelta de dados faltaba que dar, apareció una sombra mas pequeña que las otras, con toda la cara y todas las trazas de Jacintito Esteven, trayendo una ave desplumada y mal herida, y presentándola, dijo: — Este es el trabajo; ábrale usted el vientre y encontrará dentro huevos de oro...

"Aquella fantasmagoría desapareció; el telon de niebla cayó sobre la fachada de la Bolsa, y quedaron ocultas las figuras del sombrío drama, que la imaginacion del comerciante acababa de hacer representar. Mister Robert levantó su brazo, cual si lanzara un anatema y exclamó:

"—¡Garito amparado por las leyes, ladron de haciendas, yo te maldigo!..."

Y al terminar su libro vuelve Ocantos á acentuar tan definida opinion, poniendo el punto sobre la i para que no se pierda la moraleja que se desprende del terrible cuadro, con estas palabras:

"... mister Robert siguió su camino y fué

á pararse delante de la Bolsa. ¡Cosa rara! mister Robert no bebía vino, y es probado, pero padecía de alucinaciones sin duda: y tal como aquella vez creyó ver las extravagancias de que se ha hecho mencion, ahora, al mirar el edificio con encono, observó, creyó observar, mejor dicho, se le figuró, se le antojó que veía, en la cornisa del frente, sobre la puerta principal, un gran caballo, de piedra ó de lo que fuera, con un hombrazo encima, de casco y espada desenvainada, y la adarga caida entre las patas del animal... Y debajo había dos letreros, que era lástima no pudiera leer, como mister Robert, el desgraciado jóven rubio, de ojos azules, que en aquel momento, tendido sobre sucias angarillas, atravesaba sin vida los umbrales de una casa de la calle Moreno.

"Decía el uno: Que tu caballo de combate sea el trabajo y tu espada la perseverancia: mas, si quieres vencer en la contienda, no dejes caer á tierra el escudo de la prudencia. Y el otro: La mejor lotería es el ahorro, no el que amontona por vicio, sino el que guarda por prevision..."

Á su vez el señor Martel condensa sus impresiones sobre la sociedad argentina de la manera siguiente:

"... allá vá, como inmensa vision apocalíptica, una sociedad entera levantada en vilo por el agio y la especulacion, celebrando la mas escandalosa orgía del lujo que ha visto y verá Buenos Aires...

"Y miéntras tanto, un poeta, jóven, alto, enlutado, de fisonomía triste y resignada; un pobre poeta que ha tenido que abandonar la buhardilla donde se moría de hambre y de frio, para envolverse en la "capa del pobre," en un rayo de sol; una futura gloria de las letras americanas, cuyos versos nadie lee porque la Bolsa no da tiempo para ello, mira, sentado en un banco, y por debajo del ala enorme de su chambergo de bohemio, mira con amargura los esplendores de aquella bacanal fastuosa, y su mente visionaria, ena-

8

morada de la antítesis, le presenta un cuadro pavoroso.

"Cree ver, allá, léjos, muy léjos, al fin de la avenida por donde corren atropellándose los coches, una boca que se abre, se abre cada vez mas, que luego se convierte en cata-rata, y de catarata en remolino, y que aquel remolino empieza á girar, á girar, con rapidez tan vertiginosa y con tan grande poder de atraccion como el abismo que sirvió á Edgar Poë para escribir ese prodigio titulado *El Maëlstrom.* Y haciéndose la vision mas clara, ve ya (sí, ve, porque los poetas lo ven todo, hasta las cosas que no han sucedido todavía), ve despeñarse en aquel abismo, en confusion horrible y desgarrado-ra, jinetes, caballos, magnates, prostitutas... Las ruedas de los coches partidas en mil pedazos, saltan y brillan al sol, crujiendo junto con las cajas y las capotas que estallan como globos en el vacío; los caballos, lan-zando relinchos atronadores, caen volteando y precipitan á los jinetes en la sima profunda;

las mujeres, despavoridas, se agarran unas
á otras y despedazan mútuamente sus ricos
trajes; pero á pesar de sus esfuerzos, no pueden sustraerse á la atraccion irresistible, y
caen tambien, formando una cascada de ojos
y de brillantes, de mármoles semi-velados y
curvas prodigiosas... y el poeta oye un clamor que se levanta, un clamor inmenso, un
lamento colectivo, pavoroso, que sube, sube,
y puebla los aires, y se desparrama por el
mundo todo. Y un himno, un himno inmenso
de compasion y de ternura, brota entónces
de los lábios vibrantes del poeta á quien
aquella sociedad desdeña porque no es bolsista.

"—¡Pobre gente! murmura poniéndose de
pié y tomando el camino de su buhardilla,
miéntras la vision va borrándose poco á
poco á la distancia..."

Y especializándose con la Bolsa, el novelista caracteriza así su funcion en la vida económica:

... " Ah! Bolsa, Bolsa, ¿por qué te cruzas-

te en mi camino? ¿Qué mano infame te abrió
á mis plantas para que me tragases con tus
fauces insaciables? ¿Eres tú la misma que me
prodigó millones, palacios, coches, oropeles
de todas clases? ¿Para qué me los diste, si
despues me los habías de quitar? ¿Es acaso
tan malvada tu condicion que solo encum-
bras para tener el gusto de precipitar de mas
alto á tus favoritos de un dia? Yo era feliz,
vivía tranquilo, sin zozobras, en la modesta
holgura que me proporcionaba el honrado
trabajo de mi estudio de abogado. Era feliz
y no pedía mas, cuando de repente surgistes
tú, oh Bolsa maldita! diciéndome:

"Ven, aquí está la riqueza." Creyéndote,
fuí á tí, me embriagaste con todos los ex-
plendores del lujo, y ahora te los vuelves á
llevar... Nada tengo que decirte, son tu-
yos... ¡Pero más valía que no me los hubie-
ras prodigado!

"Si, está en la naturaleza, en el equilibrio,
en la lógica de las cosas, que la ganancia ha
de ser siempre relativa al trabajo, el resul-

tado al esfuerzo. ¿Era posible que yo conservase esta fortuna debida al capricho de la especulacion, del juego, del azar? ¿Tengo derecho á quejarme si hoy la pierdo? ¿La ruina de cuantos no representarán mis ganancias de otros tiempos? ¿No es ésta una leccion severa que recibo y debo aprovechar? ¿No he procedido mal empleando en perjuicio de la comunidad unas fuerzas que hubiera podido usar en su servicio? ¿No la he vulnerado contribuyendo á fomentar la especulacion, cáncer gravísimo de cuyos fatales efectos recien puedo darme cuenta ahora? Este derrumbe general que á tantos ha hecho víctimas á la par que á mí, ¿no querrá decir que nuestra abundancia era ficticia, y que los que hemos contribuido á crearla somos culpables del crímen de lesa pátria? Sí, el bolsista, el especulador, es un infame traidor á la pátria, porque en vez de beneficiarla la perjudica, porque tarde ó temprano ocasiona su ruina!..."

Por último sintetiza el Sr. Martel sus im-

presiones en las palabras siguientes, que son
como el *substractum* de su novela:

"Un velo negro cubrió sus ojos y á través
de aquel velo le pareció ver pasar (á su madre, su mujer, sus hijos y sus amigos) en fúnebre procesion, con las ropas desgarradas y
pintadas en las caras todas las horrendas angustias del hambre y la degradacion. Y como
se preguntase la causa de aquellos males tre-
mendos que afligian á él y á los suyos, el velo
se desgarró, y vió ante sí un mar de olas de
záfiro y espumas de nácar, bañado por la luz
de una espléndida aurora. Y balanceándose
en la orilla, á los soplos de una fresca brisa,
un bajel de forma antigua, de remos de plata,
y casco de márfil, de velas purpúreas y mástil
de oro. Y en una isla de coral próxima á la
orilla, una mujer, la Cleopatra sin duda de
aquella barca, que con voz hechizadora lo
llamaba agitando sus brazos desnudos. Él se
embarcó, seducido, y manos invisibles agita-
ron los remos, miéntras una música deliciosa
se levantaba del fondo del mar, como si las

nereidas estuviesen de fiesta en sus grutas de
perlas. Despues, cuando estuvo al alcance
de la mujer cuyas miradas lo encendían y
turbaban, ella extendió los brazos y lo atrajo
sobre su tibio y palpitante seno... Durante
un momento, él probó todos los goces del
amor y de la vanidad satisfecha, viéndose
dueño de la criatura mas hermosa que habían
contemplado sus ojos. Pero de pronto vió
que los brazos que lo estrechaban transfor-
mábanse en asquerosas patas provistas de
largas uñas en sus extremos. Y el seno palpitante se transformaba tambien, y echaba
pelos, pelos gruesos, largos, cerdosos, que
pinchaban como las púas de un erizo. Y
cuando quiso huir, arrancarse á la fuerza que
lo retenía, fué en vano. Las uñas se clavaron
en su piel, y sus articulaciones crujían haciéndose pedazos. En su espantosa agonía, alzó
los ojos buscando la cara que momentos ántes besara con pasion, y vió que las hermosas
facciones que tanto había admirado, se me-
tamorfoseaban lentamente. La boca se alar-

gaba hasta las orejas, y agrandábanse y multiplicábanse los dientes, en tanto que los ojos, furiosos y bizcos, se revolvían en unas órbitas profundas y sin párpados. Y él entónces, debatiéndose en el horror de una agonía espantosa ¡loco, loco para siempre! oyó estas tres palabras que salían roncamente por la boca del mónstruo:

—Soy la Bolsa..."

Tal es, en definitiva, la filosofía de ambos novelistas. ¿No puede acaso suponerse que hay en ello alguna exageracion? ¿Debe condenarse en absoluto la Bolsa como institucion malsana, corruptora de las costumbres públicas y privadas? ¿No se confunde en esto un accidente con la esencia de la cosa misma?

Á juzgar por los libros de Ocantos y Martel, la Bolsa y la especulacion bursátil serían sinónimos de la "Casa de conversacion" de Baden-Baden ó del actual paraiso terrenal de Monte Carlo... y del juego de ruleta. Si así fuera, sería aquella una lepra que es menester estirpar; causante de los males que nos afiijen, solo su desaparicion podría garantirnos un porvenir relativamente sano.

Esto es, á nuestro entender, el punto débil, el talon de Aquiles, de ambos libros. De que un individuo delire, no puede racionalmente deducirse que sea conveniente suprimirlo. La fiebre característica de la especulacion bursátil que precede á las grandes crísis no es argumento lógicamenté bastante á condenar la institucion misma de la Bolsa.

La causa no está ahí: la especulacion bursátil, mas ó ménos álgida, no es sino un efecto. El error de ambos novelistas ha consistido en tomar el efecto por la causa.

Y tocamos aquí una de las cuestiones mas interesantes de la ciencia moderna.

Es ya doctrina anticuada la que miraba á la Bolsa con desconfianza, y en la legislacion trataba de dejar sin sancion á sus contratos. La Bolsa es un órgano tan imprescindible al comercio como los Bancos mismos. El correctivo de sus exageraciones está únicamente en la libre concurrencia, teniendo en ello el Estado la misma intervencion que en cualquier otra funcion de la vida social, para asegurar el hermoso precepto de la ley: *viz*, que la libertad de cada uno solo está limitada por la libertad de los demás. Las preocupaciones reinantes al respecto van hoy desapareciendo poco á poco y solo algunos rezagados, que persisten aun en nutrirse en viejos tratadistas, dejan de seguir el movimiento general.

Porque pasados los tiempos primitivos en que el intercambio de productos consistía solo en la permuta, el comercio ha ido desarrollándose poco á poco, concentrando las cosas, trasportándolas en el lugar y tiempo convenientes, provocando la oferta, buscando la demanda. Productor y consumidor son solo dos factores secundarios del comercio. Las economías amasadas por particulares, pronto dejaron de perderse improductivas en escondrijos elementales, y principiaron á buscar colocacion para dar alguna ventaja á sus poseedores. Este nuevo elemento de capitales vino, como el de la produccion de cosas, á constituir el objeto mismo del comercio.

Así como en materia de productos naturales ó manufacturados hay una série de intermediarios que, ya como acopiadores, exportadores, importadores, mayoristas, minoristas, comisionistas, etc., facilitan el vaiven de las cosas de un país á otro y de un momento á otro; así, en el comercio de capitales existe otra série de rodajes que concentran las economías individuales, las colocan, las transforman, las representan, las multiplican y las hacen pasar de mano en mano y de país á país, segun las leyes ineludibles de la oferta y la demanda. En esta série de intermediarios dos son los principales: los Bancos y las Bolsas.

Suprimir unos ú otros sería como destruir el telégrafo y el ferro-carril, ó el correo, ó cualquier otro mecanismo imprescindible de la vida contemporánea.

El progreso mismo no existiría si á la par de la propiedad no tuviera lugar la centralizacion del capital. Este se dirije al lugar donde es requerido en el momento oportuno, y así se aprovecha del trabajo universal para fomentar el adelanto de los puntos más apartados.

¿Cómo sucede esto? Los Bancos que concentran las economías individuales no siempre pueden ponerlas ventajosamente en circulacion en especie. Les conviene transformarlas en forma de papeles de crédito, sea de títulos de renta, de acciones de sociedades anónimas ó de documentos de cualquier otra naturaleza. Á su turno las Bolsas son las que ponen en verdadera circulacion á esa forma perfeccionada del capital, asegurando á dichos papeles el valor oportuno que merezcan segun la oferta y la demanda, vale decir, segun la mayor ó menor confianza reinante.

Esa es la palabra mágica: la confianza. Esa es la esencia misma de la especulacion, la cual, de este punto de vista, no es mas que el comercio mismo.

Los antiguos caracterizaban la esencia misma del comercio, cuando decían; "*merca-tores consueverunt futura pronosticari*," sí, el calcular el desarrollo futuro de la produc-cion ó de las necesidades en un punto dado; en una palabra, el tacto de las probabilida-des en la variacion de la oferta y la demanda, eso es lo que en todos los tiempos ha for-mado al comerciante, llámese minorista, ma-yorista, banquero ó bolsista.

Indudablemente para ser comerciante es necesario haber pasado por un debido apren-dizaje, para iniciarse en los mil detalles que permiten adquirir ese tacto al que tantos as-piran y que tan pocos logran.

De ahí que la inmensa masa de las gentes que hacen del comercio su profesion, queden estacionarias: solo se apropian la letra, se les escapa el espíritu de la carrera que han abra-zado. Los pocos que logran iniciarse, levan-tando el velo que lo cubre á ojos profanos, esos son los verdaderos comerciantes, que forman brillantes fortunas especulando — vale decir: comerciando — sea en el trigo, sea en los títulos de crédito ó en cualquier otra forma.

Es evidente que siendo el error humano, hasta los mas previsores suelen equivocarse, ó los hechos mismos toman un giro que la prudencia mas meticulosa hubiera sido impotente á sospechar. Y en ello hay una profunda enseñanza, porque en la naturaleza como en la vida misma hay factores, y acontecen hechos, cuya prevision escapa al mas hábil criterio, de modo que el Hado fatal viene así á restablecer el equilibrio en la humanidad, y á impedir que los mas avisados exploten impunemente á la masa innúmera de los carneros de Panurgo.

El comercio, pues, constituye una ciencia, dura de adquirir. Y así como ningun profano sería bastante osado á pretender convertirse en médico ó ingeniero de la noche á la mañana y sin estudios prévios, así es un contrasentido que personas agenas totalmente al comercio, de un dia para otro se transformen en comerciantes, y empiecen á importar ó exportar, á comprar ó vender títulos. El fiasco mas estruendoso y mas inevitable les aguarda tarde ó temprano en empresa tan descabellada, porque solo por milagros que no son ya de esta época pueden invertirse impunemente y de una manera tan palmaria las leyes mas fundamentales del sentido comun.

¿Cómo explicar entónces que llegue un momento en que gente, sensata en todo lo demás, cometa una insensatez semejante? Solo se explica en momentos de perturbacion general, en los cuales la excitacion reinante es grande, y cargada la atmósfera que se respira. Las cabezas mas fuertes bambolean entónces; nada los arredra, por todo atropellan, y en un abrir y cerrar de ojos, se improvisan conocedores de un arte que tiene infinidad de detalles y que requiere una larguísima y paciente práctica que ninguna teoría reemplaza.

Esa irrupcion de elemento extraño y añebrado al comercio, es generalmente mas visible por razon de la magnitud de las perturbaciones que producen, en el manejo del capital general transformado en títulos, es decir, en las operaciones de Bolsa. Los del oficio, avezados á todos los vericuetos de la casa, ven entrar con lástima á esa turba de incautos que van ciegamente destinados á dejar allí sus fortunas, su reposo, su honor quizá, á veces hasta la vida misma.

En tan desigual lucha el resultado no puede ser dudoso. Pero esa accesion repentina de caudales ingentes en el manejo de papeles de crédito, origina y fomenta una especulacion desenfrenada; la fiebre aumenta en razon directa y con ella el número de víctimas. Principian á imaginarse los negocios mas descabellados; surgen los papeles mas extrafalarios y la credulidad enfermiza de las gentes es tal, que todo lo acapara, á todo precio. Pronto el contagio se vuelve general: de todas las capas sociales corre la gente al recinto de la Bolsa, embriagados los oidos por el dulce sonido del oro, deslumbrada la vista por el oropel de las fortunas mágicamente ganadas en un toque de campana.

Es en esos momentos que se desarrolla la especulacion loca que es el preludio del ya previsto resultado. El fiasco de la intromision de tanto elemento incauto tiene que ser estrepitoso, y por sus conexiones con el resto de los negocios en todas las esferas sociales, produce esos *krachs* que parecen conmover por un momento al país entero.

¿Tiene de ello culpa exclusiva la Bolsa? ¿No es el agiotaje insensato originado, fomentado, precipitado por la masa de gente de afuera?

Que el mercado de títulos se preste á semejantes excesos, es deplorable, pero ¿acaso no está ahí la famosa especulacion de los tulipanes en Holanda en 1636-1637, para demostrarnos que la locura humana de todo puede echar mano? Los tulipanes no han sido por ello destruidos de la faz de la tierra;

tampoco las Bolsas podrán ser suprimidas por razon de esos desmanes.

Pero ¿no hay acaso como impedir la repeticion de esos hechos vergonzosos que la historia nos recuerda con una periodicidad abrumadora? Ah! la imprudencia humana será eterna, ya que parece cuestion averiguada que el hombre solo en pellejo propio experimenta! Lo único que consuela es que esas mismas explosiones bursátiles no son del todo estériles, no tan solo porque sirven de pretexto para muchas empresas que quizá no habrían soñado sin ello en existir, sino porque activan la circulacion del dinero, cambian de manos las fortunas y fomentan indirectamente, pero en grado intensísimo, la actividad humana.

Ciertamente el Estado tiene, no ya el derecho, sino el deber de tomar las precauciones necesarias para impedir que sean presa de la vorágine aquellos cuya situacion es mas indefensa, sea impidiendo la entrada de la Bolsa á los menores ó personas asimila-

das, sea controlando los mil títulos mas ó
ménos engañosos que nacen como hongos en
circunstancias semejantes —y que, como hongos, son mas los venenosos que los buenos,
—sea interviniendo para garantir la legitimidad de las operaciones é impedir en lo posible el fraude. Sobre todo aquellos que mane-
jen las delicadísimas operaciones de títulos,
donde todo está librado á "verdad sabida y
buena fé guardada," deben reunir un conjunto
de condiciones que garantan al público en lo
posible la honradez y la correccion deseables.

Que el juego de Bolsa se presta á los abusos mas escandalosos y á las bajezas mas vi-
les, es incuestionable é imposible de impedir,
si los corredores que intervienen están deci-
didos á ello.

No de otra manera opinaba el que esto
escribe, cuando formando parte de la comision especial nombrada por el gobierno en
1890 para informar sobre la reglamentacion
de la Bolsa, suscribió el despacho que entre
otras cosas dice:

"Si se exije de los corredores determinadas garantías para el desempeño de sus funciones, es evidente que por ese solo hecho
se produce una seleccion entre ellos, por la
cual naturalmente quedan eliminados los malos elementos y subsistentes solo los que
tienen suficiente seriedad y responsabilidad
para suponer que se ocupan de negocios legítimos y no de juegos ilícitos. Ciertamente
eso es la regla general, si bien es posible
que se deslicen aun algunos elementos reprochables entre ellos, pero no pudiendo
obtener lo perfecto, es preciso contentarse
con lo bueno."

Aquella comision aconsejaba, además, la
adopcion de varias otras medidas que hasta
ahora no han sido llevadas á la práctica.
Quizá sería conveniente que el gobierno
aprovechando la actual tranquilidad de los
ánimos respecto de la Bolsa, estudiára este
asunto con la madurez debida, para que
aquella institucion esté rodeada de todas las
garantías posibles á fin de que, cuando en el

futuro se repita de nuevo la fiebre periódica
á que ántes nos referíamos, los males que
produzca sean ménos hondos y vengan á
cargar con sus consecuencias los que verdaderamente así lo han querido. Esta vez el
país entero ha participado, quieras ó no, de
la danza bursátil de San Vito.

¿Nos detendremos á levantar el velo que
encubre á las operaciones fraudulentas? ¿Se-
guiremos al señor Martel en la explicacion
de las diversas formas de *matufia*, de *ton-
gos*, de *gatos*, etc.?

Pasemos por sobre tan espinoso asunto.
Hay páginas en las novelas de Ocantos y
Martel que hacen erizar los cabellos y espe-
luznar al mas corriente de los mortales!..

VI

La crísis que aun nos agobia y cuya pintura bajo su faz bursátil ha dado orígen á las novelas de Ocantos y Martel, no fué, pues, producida únicamente por la Bolsa y sus abusos. Estos, por el contrario, no fueron sino un efecto del alza violentísima de todos los valores y de todas las cosas, que es el fénomeno económico que precede infaliblemente á los cataclismos financieros.

No puede culparse á la Bolsa de haber originado y fomentado la crísis. Ella ha servido de manifestacion tangible de la exajeracion que necesariamente produjo á aquella.

Cuando público y gobierno, en presencia de los desmanes de la especulacion bursátil se preocuparon de estudiar la cuestion, la misma Cámara Sindical se dirigió en ese sentido al P. E. Y éste nombró, en Junio de 1890, una comision, *quorum pars parva fui,* de la que tuve el honor de ser el miembro de menor significacion, para que lo aconsejara al respecto. El largo informe de aquella comision, publicado en Julio 15 siguiente, trató de estudiar la cuestion bajo todas sus fases. Provocó dicho documento una polémica en la prensa diaria, la que fué bruscamente interrumpida por el estallido de la revolucion de Julio, ya que el mismo dia, sábado 26, dos de nuestros diarios principales estudiaban, editorialmente, aquel interesante tema. Todo, pues, quedó sin ulterior resolucion.

Pero aquel informe al estudiar la situacion de entonces, vale decir, el fondo del cuadro de las dos novelas que motivan este artículo, decía:

"La crísis económica porque atravesamos se encuentra en pleno paroxismo, con el crédito personal agotado, el crédito real anulado, sin valor la propiedad raiz, sin brújula el comerciante, pues ignora los precios que debe cobrar por sus mercaderías, y por sobre ese cuadro de desolacion se yergue fantástica la cotizacion del oro, hoy en las nubes, mañana en el suelo, sin obedecer jamás á criterio racional alguno, y el país se halla entregado á un cáos verdadero, por carecer de una medida fija de los valores. ¿Cómo puede sostenerse en presencia de semejante estado de cosas, que el Gobierno prescinda de la cotizacion del oro y la deje entregada al pánico ó á las pasiones siniestras que se aprovechan de momentos semejantes para medrar con perjuicio de los inocentes?"

No es sin duda de este lugar entrar á los detalles de las medidas aconsejadas por dicha Comision. El tema es interesante y se encuentra íntimamente ligado con las novelas de Ocantos y Martel, ya que trata de la espe-

culacion bursátil en la mismísima época.
Baste solo decir que, como lo declara al terminar su informe, la Comision, "en el estudio
que ha hecho de la cuestion sometida á su
exámen, se ha inspirado del más profundo
respeto por la ley; primero; del vivo anhelo
de no coartar en lo mínimo posible la libertad de las transacciones comerciales, despues; y por último, de coadyuvar á facilitar
las operaciones y depurar de alguna pequeña imperfeccion de detalle á una institucion tan digna de respeto y consideracion,
como es la Bolsa de Comercio de la Capital
de la República."

La misma Cámara Sindical de la Bolsa,
confirmando esa opinion, decía:

" Esta situacion es transitoria; está en los
espíritus y en la prevision pesimista que
juzga por la apariencia de los fenómenos
financieros. El pánico es ciego pero sumiso
y dócil, y lo mismo produce un alza que una
baja de 50 puntos. Basta una impresion dominante, adversa ó favorable, para inducirlo

en uno ú otro sentido. Producir la confianza y arraigarla en los espíritus, es el remedio de esta situacion; la influencia que necesita el país para valorar su moneda fiduciaria, es una influencia moral, mas que financiera, que convenza y desarme el pesimismo difundido en el interior y exterior."

Uno de los diarios que terc ó en la polémica á que nos referimos y que tuvo por adversario en ese incidente á *La Prensa*, escribía en aquella fecha, (Julio 25: víspera del estallido de la revolucion, vale decir, en el momento mas ultra-álgido) lo siguiente:

"Parece atribuir *La Prensa* al *Informe*, la opinion de que la depreciacion de nuestro papel moneda no tiene siquiera una causa real, debiendo atribuirse á la especulacion, al pánico ú otra cosa análoga. Hemos vuelto á releer aquel documento y no hemos encontrado tan absoluta asercion.

"La mayoría de la comision citaba una opinion neta y clara, en ese sentido, de la Cámara Sindical de la Bolsa. "No es la oferta y la demanda la que regula el tipo, decía la Cámara; un agente perturbador, la espectativa y la desconfianza, dominan el mercado, entregándole á saltos bruscos, según la nota impresionista del dia." Ahí, por por otra parte, no se hace sino comprobar un hecho que *La Prensa* no negará.

"¿Por qué razon, cuando el curso forzoso en Francia durante y despues de la guerra, el papel moneda, á pesar de tan tremenda situacion, no sufrió depreciacion sensible? ¿Por qué no la sufrió tampoco en Inglaterra durante las guerras napoleónicas, bajo la vigencia del *bill* de Pitt? Evidentemente porque el patriotismo de los ciudadanos y la confianza pública dominaron el mercado.

"Que la desconfianza, que á su turno engendra el pánico y todas sus funestas consecuencias, es lo que produce el descalabro del papel moneda, no solo lo dice el nombre mismo de este: *billete fiduciario,* sino que, sin ir mas léjos, tenemos de ello elocuentísimo ejemplo cuando la crísis de 1876, entre

nosotros, á lo que aludíamos en nuestro anterior artículo. Siendo esencialmente curada la
crísis política, que servía de médula á la crísis económica, de la noche á la mañana ésta
se normalizó y entró en la vía de una liquidacion ordinaria y tranquila. Porque nótese
bien que la crísis económica de hoy, lo es á
la vez económica y monetaria; la primera es
un fenómeno natural que obedece á leyes
conocidas de la ciencia; es á la segunda crísis, la moneteria, á que sin duda refiere el
dictámen de la Comision en la parte criticada
por *La Prensa*. ¿Y duda *La Prensa* de que
si mañana, por una medida ó por un aconte-
cimiento cualquiera, depusieran los partidos
políticos sus armas y dejaran de arrojar
combustibles diarios á la hoguera, no se res-
tablecería la confianza, desaparecería el pánico, y esa misma especulacion que hoy lleva
el oro á las nubes, no lo precipitaría al suelo?

"Haga *La Prensa* á un lado la cuestion
política, y diga sinceramente si el país no
produce hoy más que ayer, si no exporta

más é importa ménos, si sus campos no están
mejor cultivados, mejor pobladas sus estan-
cias, más numerosas sus industrias y mejor
montadas; si, en una palabra, desde que se
sale de la atmósfera aplastadora de esta
plaza, el país entero no respira más libre-
mente, no hay mayor progreso, mejores elementos que ántes. Es preciso no perder la
confianza: los destinos de la pátria son gran-
diosos y es necesario estar animados de una
fé robusta en su porvenir. ¿Qué significa en
el fondo esta misma crísis terrible que nos
aflije? En el peor de los casos importa la
ruina de algunos centenares de indivíduos,
pero el país seguirá su marcha siempre ascendente: los vencidos en la batalla de la vida
serán reemplazados por otros elementos ménos fatigados ó mas afortunados, y el progreso del país continuará siempre creciendo.

"Entónces, pues, hay que convenir en que
es ilógica la situacion afligente actual, ya
que sus caractéres alarmantes son producto
de la exaltacion de las pasiones políticas que,

por una razon ó por otra, han provocado y fomentan una desconfianza cada dia mas ciega y por lo tanto mas temible. Solo el patriotismo puede sacarnos de ahí.

" Y verdaderamente, no creemos estar equivocados al emitir esa opinion, ya que la encontramos elocuentemente confirmada en un notable artículo que, sobre nuestras finanzas, registra el *Times* de Lóndres, en su número de Junio 24. Ese artículo, escrito por uno de sus redactores viajeros que había estudiado de *visu* la cuestion aquí, dice entre otras cosas: "La especulacion en el oro es uno de los mayores escándalos cuyas consecuencias está sufriendo el país. Los efectos de esta especulacion operada por una "rueda," son mas desastrosos para la tranquilidad y prosperidad general, de lo que puede ser cualquier defecto de administracion. Un pequeño número de indivíduos posee un poder casi ilimitado de perjudicar á voluntad los intereses materiales del país y hasta llevarlo al borde de la ruina. La prima del oro podría haber subido pero no hasta el punto de ser peligrosa, y sobre todo, de llegar á violentas fluctuaciones; prima de carácter ficticio que ha venido á ser la pelota de los jugadores."

"Pero, si no está en nuestras manos estirpar el mal de raiz, impidamos, por lo ménos, que traficantes de cabeza mas ó ménos débil, ó de conciencia mas ó ménos despreocupada, se aprovechen de esta desgracia, y como vampiros sedientos nos chupen todavía la poca sangre que queda en el cuerpo casi exhausto de nuestro organismo social. Garanticemos lo legítimo, pero impidamos el abuso. Eso es, en entender nuestro, una mision patriótica.

"Si nuestra moneda nacional está depreciada, consolémonos con la desgracia y miéntras nos esforzamos en valorizarla, impidamos que á la sombra de la libertad reine la licencia, y que la crísis natural se exacerbe por manejos artificiales de mercaderes sin rey ni ley. Y nótese que encontramos explicable la conducta de los que así obran, pues su objetivo es aumentar su peculio y su habilidad consiste en explotar para ello la inocencia ó el pánico de las gentes. Pero la autoridad no debe permitir que gocen para ello de todas las facilidades, por manera que ante el vulgo sus manejos aparezcan confundidos con las legítimas operaciones de los que tienen que resignarse á la necesidad."

Aparte de alguna que otra exageracion en los conceptos, debido sin duda á lo excepcional del momento, las palabras que acabamos de traer á colacion, colocan á la cuestion en su verdadero terreno, sobre todo dan la medida exacta del criterio dominante en la época á que se refieren los señores Ocantos y Martel.

Estos han condenado en sus libros á la institucion de la Bolsa en su conjunto, englobando abusos con los usos, y presentándola de tal manera y con colores tales que un lector extraño á los acontecimientos de entónces, creería verdaderamente que no era aquel sino un antro de sacripantes sin acertar á explicarse como la masa honrada de las gentes no hizo una pueblada y los arrojó ignominiosamente del templo de Mercurio.

Pero

Ni cet excès d'honneur ni cette indignité.

Es preciso reconocer que el criterio de ambos novelistas en esta faz de la concepcion de su asunto ha estado desgraciadamente equivocado. Y ello, en lugar de envolver un reproche, implica casi un elogio pues demuestra que los que han escrito esos libros "los han vivido," para usar de una frase típica, y han escrito sus capítulos respirando la atmósfera cargada de aquella época excepcional y viniendo así á representarla mejor, hasta en sus mismos errores de criterio.

¿Cómo se explica ese contagio del criterio errado en dos escritores, distinguidos ámbos, pero de tan diversa índole?

Las letras argentinas hasta ahora poco han cultivado el género de la novela, á pesar de que en la época moderna y en los demás pai-

ses sea ese el que mas boga tiene, y por lo
tanto, el que mas directamente influye en las
masas. Razones complejas explican ese fenómeno, pero de un tiempo á esta parte se nota
una reaccion, tímida aun, pero cada vez mas
sensible. Las producciones que aparecen, sea
en forma de libro, sea en el folletin de los
diarios, no cultivan ya el género histórico ni
aun el psicológico: tienden al descriptivo, á
la pintura de la vida áctual, á reflejar en
sus páginas el aspecto de nuestra sociedad.
Sin duda alguna toman por ello interés mas
legítimo aquellas producciones; se naciona-
lizan, por así decirlo. Pero hay en ese género un escollo difícil de evitar, porque es
grande y seductora la tentacion que á él con-
duce: al describir una faz de nuestra vida
contemporánea observada, como no puede
ménos de serlo, por el lente peculiar del
escritor—vale decir, á través de su idiosin-
cracia intelectual, el novelista sin quererlo
y con la mejor buena fé del mundo corre el
peligro de escribir un libro "de tendencias,"

de sostener una tésis mas ó ménos generosa
y de sacrificar insensiblemente, á la justifica-
cion de su propósito, la exactitud del análisis objetivo, sometiendo á su modelo á un
verdadero "lecho de Procusto."

Porque si,—poniendo el ejemplo como
caso hipotético y sin que ello importe pre-
juzgar—tanto el señor Ocantos como el señor Martel en sus citadas novelas se hubieran
propuesto la tésis de condenar á la Bolsa,
presentándola bajo sus aspectos mas repe-
lentes y haciendo ver los efectos que sus
abusos producen en nuestra vida social, es
evidente que, poseidos de esa tésis, convencidos de que al hacerla triunfar desempeñan
un verdadero apostolado, y de que es menester contribuir á hacer odiosa la especulacion
bursátil, mostrando sus resultados deplora-
bles,—es evidente, pues, que esa idea que
origina, desarrolla y corona la novela, tiene
naturalmente que convertir á esta en una
especie de alegato vigoroso pero disfrazado,
obra de propaganda activa, meritoria, impor-

tante, todo lo que se quiera; pero en la cual el género literario de la novela se retira al segundo plano y sirve solo de ropaje al tema propuesto.

En el presente caso se explica perfectamente el porqué ámbos escritores, aun cuando por diversos medios, se han propuesto el mismo tema con energía extraordinaria. El *krach* que provocó el estallido de la crísis era fruto de una especulacion bursátil desenfrenada que había contagiado todas las clases sociales, lanzándolas en el vértigo de un juego insensato y llevando la ruina á los hogares mas modestos. La Bolsa aparecía como el causante inmediato, único culpable, de la ruina pública y privada; por doquier se elevaba un clamor vengativo, terrible, contra aquel recinto que se había convertido en casa de juego y donde todo parecía arreglado para desplumar al incauto que cayera entre aquella nube de *gurupíes* y *coimeros*. Esa era la opinion mas generalizada al dia siguiente del *krach*.

Pues bien, tanto el señor Martel como el señor Ocantos, pensando al unísono con la generalidad, convencidos sinceramente de que la Bolsa era la gran sirena fascinadora, única culpable del desvarío general; se propusieron arrancarle el velo con que se cubre á ojos profanos, presentarla en su desnudez como garito habitado por tahures, hacer palpar que allí se juega con dados cargados y con cartas marcadas, y estigmatizarla de una manera tal, mostrando sus efectos en la vida social, que en adelante en las familias se mirára con igual horror al bolsista como al tahur. Y poseidos de santo ardor por llevar á cabo esa obra moralizadora, penetrados de la alta bondad de su propósito, desdoblaron los pliegues y repliegues de la vida bursátil, fotografiando las diversas clases de personas que en ella intervienen y su numeroso repertorio de suertes mas ó ménos ilícitas, haciendo girar dichos personajes al rededor de unos cuantos incautos que caen en sus garras y que llevan á sus familias la

peste que recogieron en la Bolsa. Insensiblemente, pues, ambos novelistas han concluido
por ser absorbidos por su tésis: la novela
para ellos ha sido solo el medio para demostrar aquella: el abuso de la Bolsa ha hecho
borrar ante sus ojos el uso legítimo. De ahí
que su tésis, con ser parcial, ha sido la natural
expresion de las ideas del momento en que
escribieron y sus libros han respondido á la
aspiracion íntima de todos sus lectores.

Se vé, por ello, cuán interesante sería entrar á discutir esos libros de un punto de
vista exclusivamente literario. Pero cualquiera que fuera la solucion que en ese terreno se obtuviera, no haría ello desmerecer
en lo mínimo el estudio verdaderamente mi-
nucioso, interesante, detenido, que ambos
autores — cada uno de su punto de vista personal y analizando la influencia de la Bolsa
en medios sociales diversos — han hecho de
la cuestion en dichos libros. Nadie podrá
escatimarles los sínceros aplausos á que se
han hecho acreedores.

.

VII

El génio que en vida se llamó Balzac ha
sido el primero que ha estudiado en la novela, guiado por su análisis implacable, esa
terrible cuestion del dinero, que parece ser
á fines de este siglo el punto de apoyo que
pedía Arquímedes para su legendaria pa-
lanca.

En su obra inmortal, con justicia titulada
Comédie Humaine, Balzac ha considerado
el papel del dinero en la sociedad contemporánea, bajo todas sus fases. Gobseck, Nu-
cingen y aquel extraño Juan Belvidero, son
hoy personajes típicos, que no han encon-

trado rivales en la novela moderna; Vautrin, Crevel, Rastignac y Valentin, todas esas encarnaciones personifican aspectos diversos de la misma cuestion. ¿Y quién ha olvidado al viejo Goriot y al legendario Birotteau? "Todos los males de la sociedad moderna, dice Balzac, derivan esencialmente de un hecho lastimoso: que en la humanidad el principio del Honor ha sido reemplazado por el principio Dinero y que, cosa terrible pero cierta, el amor del dinero se acerca mas al vicio que á la virtud."

Hemos vuelto á releer las páginas admirables de las *Scènes de la vie parisienne.* "En ellas el dinero no ha sido considerado como un simple medio de adelantar, ayudando al mérito personal, al talento y salvando el honor; por el contrario se ha convertido en el ídolo supremo, la *última ratio,* como dice Gobseck el hombre de dinero por excelencia—de un mundo que no piensa sino en gozar de una manera desenfrenada de la vida material. Este abuso de los goces que solo

el dinero satisface, trae como consecuencia
las mas horribles degradaciones morales. El
excepticismo, la manía de poner en ridículo
lo bueno, el endurecimiento inconsciente del
corazon, son sus amargos frutos. La inteligencia de la juventud se esteriliza en el exceso de los placeres. Viejo á los veinte años,
lleva el jóven en su fisonomía las señales
indelebles del vicio ó de la envidia. En nuestros dias se da el nombre de "neurósis" á lo
que Balzac llamaba simplemente: intemperan-
cia del deseo. La locura y el suicidio son los
resultados desastrosos de ese estado del
alma. En los ancianos como Goriot, Crevel,
Hulot, la pasion ha traido como cortejo la-
cras de toda calaña, que roen la vida hasta
la médula y producen la chochez senil. En
todas partes la vida es un gran fuego moral
y al mismo tiempo poderosa combustion
química, que consume las mas preciosas facultades del hombre. El lujo y la miseria se
dan batallas descomunales en el corazon de
los mortales. En las grandes capitales como

París, el novelista nos muestra lo mas intrin-
cado de la lucha, y por encima del oleaje
furioso de los combatientes, dominando su
inmenso tumulto, se oye el clamor inhumano
Væ victis! Ay de los caidos!... miéntras
que, de un rincon perdido del campo de batalla, se eleva hácia Dios la humilde plegaria
de las almas resignadas que fervorosamente
ruegan:—*No rehuseis, Señor, tu justicia y la
gloria eterna á la desgracia!"*

Cuando Balzac sometía á la sociedad á su
escalpelo desapiadado, la cuestion del dinero,
que tuvo siempre ante sus ojos, no había tomado las proporciones gigantescas que ha
asumido despues. Esas llagas sociales que
estigmatiza el novelista francés, eran *dii mi-
nores* al lado de los males que es suscep-
tible de producir el dinero en la época
presente.

En ningun país del mundo ha podido ob-
servarse mejor ese terrible poder del dinero
que en los Estados Unidos. Las minas de
metales preciosos, el descubrimiento de mil

riquezas naturales, han transformado por completo la faz de la cuestion.

Antes de esos acontecimientos, las grandes fortunas, como las de Astor y la de Girard, habían sido hechas en el comercio; en adelante aquellos casuales descubrimientos enriquecieron de súbito á las gentes y en escala colosal. Los millonarios comenzaron á pulular: millonarios advenedizos, improvisados por un golpe ciego de la fortuna, pero que se encontraron en las manos con un instrumento increible de poder. La guerra de secesion vino á darles la preponderancia, causando la ruina de las fortunas tradicionales del sud y la riqueza de las fábricas recientes del norte. Y desde entónces, aquella casta de millonarios ha hecho un uso desenfrenado del poder corruptor del dinero, sojuzgando á los poderes públicos, y ha impuesto al país el opresivo régimen de las tarifas prohibicionistas, que obligan al pueblo á pagar por los productos de las manufacturas nacionales, acaparados por aquellos potentados, precios exorbitantes que multiplican sus ganancias. La construccion de líneas férreas con escandalosas concesiones de tierras, el monopolio de las vías de comunicacion y del telégrafo — ¿quién ignora el caso del *Western Union?* — de todos los resortes de la vida misma, ha centuplicado sus capitales, de manera que puede decirse que hoy por hoy existe en la gran república del norte una verdadera plutocracia que va absorbiendo la existencia. ¿Quién no ha leido aquel libro singular de Clemens y Mark Twain, *The gilded age,* en que se describen á lo vivo los efectos de la corrupcion y del *humbug* yankee? Pero hoy, despues de los notables escritos de George, el autor del *Progress and Poverty,* á nadie escapan las razones de este feroz antagonismo entre el capital y el trabajo en aquel país, las huelgas repetidas, y el florecimiento de anarquistas, socialistas, nihilistas y todas las demás sectas destructoras.

Ese es, sin duda, el problema más pavoroso en el futuro inmediato de los Estados Unidos, que parecían estar destinados á salvar de ese cáncer incurable que devora á la Europa. ¿Es compatible con la vida regular del país el amasamiento de esas fortunas que cuentan los millones por centenas, y que, como la bola de nieve, fatalmente siguen aumentando de una manera prodigiosa, absorbiendo todos los jugos del cuerpo social y dejando al resto de él anémico y aun sin lo indispensable para arrastrar lánguida vida? El mundo pensador sigue con anhelo ese fenómeno altamente interesante, porque sobran en los Estados Unidos los elementos que faltan á la Europa, y que se había creido eran indispensable para curar el mal.

A su vez es evidente que la transformacion del mundo en el presente siglo, el mayor bienestar material, hoy innegable, las obras gigantescas que se conciben y se realizan diariamente; nada de eso habría tenido lugar, por lo ménos con la rapidez y la amplitud que ha logrado cambiar la faz de la tierra, si no hubiera sido por el poder inconmensurable del dinero sindicado en grupos reducidos, por la fuerza tremenda del capital asociado y obedeciendo á una direccion centralista.

Un gran pensador, Montesquieu, ha dicho con razon: "Por sobre todo domina el poder del dinero: las repúblicas solo se mantienen por la virtud y la inteligencia de los pueblos. El peligro, para una república, es inminente desde que la masa del pueblo se empobrece, miéntras que unos pocos se tornan inmensamente ricos."

Ya la conciencia pública en la gran república americana parece reaccionar con violencia en ese sentido, si es que puede darse fé al hermoso movimiento de opinion provocado en aquel país por la *Farmers Alliance*, partido notable que cuenta en sus filas á todos los que riegan la tierra con el sudor de su frente, constituyendo la verdadera fuente de riqueza nacional.

Aquella grave cuestion parece no haber sido estudiada aun en la medida necesaria.

La plutocracia es el mayor de los peligros, sobre todo cuando es advenediza; pero si es una fuerza temible al servicio del mal, cuando la dirije el bien produce resultados estupendos. ¿Quién no ha contemplado en los mismos Estados Unidos esas soberbias universidades, esos museos espléndidos, esas instituciones humanitarias que revisten proporciones singulares, y que son debidas á la munifi·cencia, sin ejemplo en la historia, de millonarios que han consagrado en vida, ó legado sus inmensas fortunas con el objeto de beneficiar al pueblo? Y esos hechos que se repiten allí diariamente ¿serían acaso posibles sin la existencia de la plutocracia?

Un famoso millonario contemporáneo, que está hoy inundando á la Argentina con enjambres de judíos espulsados de Rusia, el baron Hirsch, ha dicho hace poco: "La posesion de grandes riquezas impone un grave deber al poseedor. Es mi mas íntima conviccion que debo solo considerarme como el administrador temporal de la riqueza que he logrado acaparar, y de que esto impone el deber de contribuir, segun mi manera de pensar, á disminuir los sufrimientos de todos aquellos que son víctimas del hado."

Sea de ello lo que fuere, fuera de duda está que el trabajo honesto y normal, por perseverante y feliz que sea, difícilmente puede reunir una fortuna desproporcionada y convertir al hombre en un millonario. La razon de ser de las fortunas cuyos poseedores cuentan sus millones por decenas, no puede, en realidad, tener mas que estos orígenes: ó proviene de herencia, garantida por vinculaciones ó mayorazgos; ó de la suerte ciega que hace descubrir minas ó yacimientos de riquezas naturales; ó del rápido crecimiento de la poblacion que multiplica el valor de la tierra; ó de esfuerzos combinados del capital ya anteriormente acumulado, asumiendo la fórmula de especulaciones bursátiles, de monopolios ú otros procedimientos absorbentes.

En términos generales, el primero de esos

casos está representado en la aristocracia agraria de Inglaterra; el segundo y el tercero, en Estados Unidos y parte en Australia; el cuarto principalmente en el continente de Europa, siendo esa forma sin embargo la que corona en todas partes las otras evoluciones.

Las grandes fortunas hechas en la industria y el comercio, forman la excepcion que no hace sino confirmar la regla. Fuera de ahí se puede llegar al bienestar, pero esa tambien es la excepcion, pues el trabajo sin capital está condenado á sostener la vida en el mejor de los casos, y en la inmensa mayoría es impotente para luchar. De ahí el proletariado; de ahí el cuarto estado y la cuestion social.

El Trabajo cede forzosamente ante el Capital. Los factores de esta terrible ecuacion sigue una marcha inversamente lójica: á medida que de un lado aumenta el término Capital, disminuye el factor Hombre; y del otro lado, á medida que disminuye el término

Trabajo (como productor de riqueza), aumenta el factor Hombre. En una palabra: una minoría poderosa en presencia de una mayoría mísera. ¡No es difícil prever la solucion!

Puede decirse, casi sin exageracion, que esta será la cuestion candente del próximo siglo, y que provocará quizá un cambio en el órden social, cuyas consecuencias no es posible prever. La revolucion del cuarto estado asumirá proporciones fatales para el progreso humano, si la lucha, por momentos mas y mas enconada, entre el Capital y el Trabajo no llega á una trégua ó á una solucion inesperada.

Hace poco esta cuestion fué ámplia y notablemente discutida por los grandes pensadores y los grandes millonarios del habla inglesa. El ya famoso Carnegie, cuyo conocido libro *La democracia triunfante*—hecho traducir aquí por Sarmientoes — el himno de alabanza mas ruidoso en honor de los Estados Unidos, publicó en Junio del 89 un

artículo sensacional sobre la riqueza, sus peligros y deberes, en la *North American
Review*. La palabra autorizada del millonario americano que señalaba la gravedad de
la situacion, encontró eco en un notable artículo de Gladstone, inserto en la *Nineteenth
Century*.

Aquella confirmacion del ilustre estadista
inglés fué el orígen de una ardiente polémica
en la que terciaron los cardenales Manning y
Gibbons, el gran rabino Adler, el reverendo
Hughes, el obispo Potter, el diplomático
Phelphs, el estadista Chamberlain, y última-
mente el financista Hirsh.

Todos esos hombres, conocedores de la
cuestion en sus mas mínimos detalles, están
contestes—aun cuando propongan solucio-
nes diversas—en el gravísimo peligro de la
plutocracia cada vez mayor, imposible de
contener, en presencia de un pauperismo dia
á dia mas horrible, mas difícil tambien de
sujetar.

Los monarcas de la tierra, siguiendo el

ruidoso ejemplo del actual emperador Gui-
llermo, convocan congresos, conferencias y
reuniones para estudiar y solucionar el conflicto; y el mismísimo Papa Leon XIII en su
última encíclica *De Conditione Opificium*,
que es uno de los documentos mas notables
de la época presente, ha creido deber terciar
en el debate.

No es, sin duda, de este lugar el tratar
tamaña cuestion é intervenir en semejante
controversia. Pero cuando hasta la iglesia
romana, que es hasta hoy el único poder
conservador que haya resistido al embate
de los siglos, toma parte en el conflicto
arriesgándolo todo, no es posible mirar con
indiferencia esta clase de cuestiones, ni cabe
ser en ellas prescindente.

La hermosa encíclica de Su Santidad no
dará quizá sus frutos porque puede que llegue
tarde, y que ni el Estado acepte cooperar en
la forma allí indicada, ni las masas proleta-
rias—tan radicalmente alejadas hoy de la
religion en casi todos los paises llamados

cultos — han de escuchar la palabra de prudencia, de caridad, de resignacion que se les
envía desde el Vaticano. Diez y ocho siglos
despues de su espléndido triunfo sobre la
civilizacion entónces existente, el cristianismo
solemnemente se confiesa impotente para impedir un conflicto tan tremendo que pone en
peligro á toda la civilizacion actual!

Privada de la ayuda del brazo secular;
alejada de la masa de los creyentes por la
rijidez gerárquica de su clero y por la infle-
xibilidad de sus nuevos dogmas; perdida la
fé en las clases populares y en las dirigentes
reemplazada por encubierto fariseismo; la
Iglesia verdaderamente parece desarmada en
trance tan crítico.

¡Quién sabe todavía! El apóstol le ha ase-
gurado á la larga el triunfo y Leon XIII en
el presente caso afronta la lucha con fé sobrehumana: su encíclica es la nota mas her-
mosamente vibrante en el concierto inmenso
de voces discordantes que al rededor de la
cuestion social se eleva por doquier. "La

violencia de los trastornos civiles, dice el
Santo Padre, ha dividido á cada nacion en
dos bandos, entre los cuales ha cavado un
abismo. De una parte, la faccion que es poderosa porque concentra la riqueza; la cual,
habiéndose adueñado de todo género de
trabajo y de comercio, reduce á su ventaja y
razonamiento á toda clase de potencia crea-
dora de riqueza, y en la administracion misma
del Estado no se deja sentir ménos. De la
otra una muchedumbre mísera y débil, que
tiene el ánimo ulcerado y por lo tanto siempre predispuesto á los tumultos."

Esta actitud del Papado es uno de los
síntomas mas evidentes de que la Iglesia en
el próximo siglo XX asumirá una actitud
militante activa en la política universal. Durante el presente siglo la tendencia predo-
minante ha sido, so color de la separacion
de la Iglesia y del Estado, el reducir á
aquella á un papel pasivo, dentro de su
esfera espiritual.

Los católicos que creyeron errada esa

política tuvieron á la larga que separarse
de la Iglesia—¿quién ignora la brillante carrera de aquel Lamennais, cuya desordenada
elocuencia pareció conmover un instante
al Papado? — y los rayos del anatema
pontificio bajo Pio IX parecieron confirmar
esa política. Desligada ahora de la pesada
cadena de su dominio temporal, la Iglesia
bajo Leon XIII entra de lleno á la arena
candente pero haciendo un cambio brusco
y radical en su política: abandona la tradicion de sostenedora de los tronos y de
aliada de las aristocracias — reconoce en
la democracia el gran poder del siglo veni-
dero y se decide intrépida á ponerse á la
cabeza del nuevo movimiento. Se dirige
á las masas, se preocupa de la condicion
de los obreros, se conduele de los humildes
y vuelve así á la tradicion pura del Cristo
quién en los Evangelios se dirije á los
pequeños, á los desheredados, á los pobres.
¡Quién sabe cuantas sorpresas nos reserva
el siglo próximo en este terreno! La Iglesia

necesita solo de un nuevo Gregorio VIII ó
de otro Sixto V para encaminar y encauzar
la revolucion del cuarto estado y ponerse
así á la cabeza de la nueva evolucion social.

Y sin embargo, no puede negarse que la
cuestion social tiende á entrar en un terreno
mas conciliatorio. El venerable estadista
Gladstone, inaugurando recientemente un
barrio de obreros creado por la fábrica de
Lever para sus operarios, decía con razon
que el buen sentido y la buena inteligencia
de capitalistas y trabajadores estaban en camino de resolver sus dificultades, añadiendo:
"el trabajo es el destino del hombre; es su
carga, y será, lo temo, en casi todas sus formas una carga séria y pesada, aun cuando
siento profunda satisfaccion en comprobar
que es mucho mas llevadera hoy que ántes
para casi toda, sinó toda, la poblacion obre-
ra." Cuando se visita la ciudad de obreros
creada por Krupp en Essen para su fábrica:
la de los operarios de la usinas del Creusot;
sobre todo la seductora Pullmann City, á las

puertas de Chicago, no puede ménos de con-
fesarse que el estadista inglés tiene perfecta
razon y que la grande industria, si produce
males por su acaparamiento y su monopolio,
procura bienes que jamás habrían podido
alcanzar los obreros por si solos, dándoles
habitaciones encantadoras en ciudades especiales que son un modelo por su organizacion, sus distracciones y su hermosura! Ahí
sin duda está la solucion del antagonismo
entre el capital y el trabajo, pues tanto en los
casos citados como en el de la fábrica de
Mame, donde cada obrero es sócio co-partí-
cipe en el capital y beneficios de la industria,
se llega mas sensatamente al ideal, que con
los absurdos de las mil ramificaciones del so-
cialismo, de esas doctrinas singularmente di-
solventes del colectivismo, anarquismo, y
otros "ismos" por igual peligrosos, pues, de
triunfar, harían oficio de arma de doble filo,
destruyendo á la vez á patrones y á obreros.

No es, por lo tanto, en las huelgas "esencialmente despilfarradoras y bárbaras, bue-

nas solo para la infancia del desarrollo industrial"—para usar las palabras del mismo Gladstone—que hay que buscar la solucion serena del antagonismo existente; es en los ejemplos ántes citados, en las famosas *trades-unions,* en el acuerdo honesto y franco entre patrones y operarios.

... Y es esta la cuestion palpitante que, bajo el punto de vista de sus efectos en la especulacion de Bolsa, han elegido para tema de sus meditaciones los dos novelistas argentinos. Nada mas árduo, ni mas digno de merecer la atencion de las mentes pensadoras.

Ahora bien, los escritores nacionales cuyos libros nos sugieren estas reflexiones ¿han estudiado acaso la cuestion de este grandioso punto de vista? ¿se proponen por ventura condenar en absoluto y cualquiera que fuera su orígen ó empleo, al dinero? ¿cuál es su verdadero propósito?

Ocantos y Martel escapan, á nuestro entender, al defecto capital de los novelistas que en otros paises se han ocupado del terrible asunto. Sus libros no son un alegato contra la fortuna honestamente adquirida y contra los felices de la tierra que la poseen; son mas bien un ataque decidido contra los hombres, cuyas ganancias mal habidas les permiten por medio de la especulacion, á la manera de vampiros sociales, aspirar todo el dinero del país, usando para ello de todos los medios posibles y sin parar mientes en la ruina general y particular que con ello preparan.

El argumento de ambos libros es ya conocido y los muchos lectores que han devorado sus páginas han podido apreciar las calidades literarias y morales de los respectivos autores. No ha sido tampoco el propósito de este artículo entrar en semejante análisis.

El libro del señor Ocantos, con ser escrito en el extranjero y referirse á un período que en su detalle casi solo de oidas conocía, por no haber hecho sino una rápida estadía entre nosotros en la época referida, nada parece resentirse de esa desfavorable situacion

del autor. El del señor Martel, por el contrario, tiene todo el sabor de un producto
amasado en el horno mismo y de allí distri-
buido, caliente aun, con el gusto caracterís-
tico de la pasta que sale de esperta mano,
pero tambien con las grietaduras y las ex-
coriaciones de que no es posible juzgar á la
vislumbre del calor rojo del horno.

Literariamente considerados, los libros de
Ocantos y Martel tienen sobre todo el mérito de estar escritos en un estilo elegante y
fácil, abordando las graves cuestiones que
tratan con una naturalidad tal, que hace
seductora la lectura, pues parecen transpor-
tarnos á aquella época feliz en Átenas, cuando los discípulos de Epicuro discutían los
mas profundos problemas filosóficos en el
tono de la mas perfecta amabilidad:

Sous les ombrages verts de la sagesse en fleur.

Tienen además otro mérito singular—y no
es este, por cierto, elogio baladí—y es el de
desmentir de una manera rotunda el juicio
que un filósofo británico emitía hace poco

sobre nuestro continente: "América, decía, es todavía, del punto de vista intelectual, un terreno asaz rudo y primitivo, que solo puede ser cultivado por medios violentos. Esas imaginaciones infantiles y ligeramente salvajes no se conmueven sino por narraciones elementales, compuestas sin arte, pero en las cuales están combinadas en fuertes dósis lo burlesco con lo melodramático, la vulgaridad con la excentricidad."

Lamentamos de veras no poder entrar al análisis de la trama y de los caractéres en ambas novelas. De esa manera considerados, cada uno de ellos habría merecido un estudio por separado.

Pero ambos tienen un carácter comun, en el sentido de que han querido fijar en sus páginas la fisonomía fugitiva de nuestra sociedad en un momento altamente interesante y han elegido uno de aquellos instantes críticos que sirven en la época contemporánea de manifestacion aguda al mas grave de los problemas, á la cuestion social. — Y es esto lo que ha puesto la pluma en nuestras manos.

Esos libros quedarán, pues, porque han tomado á la sociedad argentina en un momento psicológico de su evolucion y han fotografiado instantáneamente su fisonomía moral en aquel instante. Ambas novelas se mueven en medios sociales diferentes y solo tienen en esto de comun el terreno neutral de la Bolsa, cuya especulacion estudian de punto de vista distinto y cuyos funestos resultados describen con proyecciones nada semejantes. Léjos de escluirse, esos libros se complementan, y seguramente serán consultados con provecho cuando el trascurso de los años haya borrado de la memoria de los hombres la impresion, hoy al parecer indeleble, que los sucesos que forman el fondo de aquel cuadro parecían haber grabado en ella.

Ojalá, si ese recuerdo se borrase, la lectura de estos libros sea bastante á revivirlo para servir así de profiláxis cuando análoga evolucion se repita, diciendo á los que se apresten inconscientes á arrojarse en dicha hoguera: *cave ne cadas!* ya que es de esperar que los que, por la fuerza de las cosas, se vieron envueltos en el anterior torbellino y han hecho por lo tanto esa tristísima experiencia, curados á la larga de tal ataque de fiebre perniciosa, traten de conservar á todo trance su salud recuperada y no se expongan á contraer de nuevo la *mal'aria,* en homenaje siquiera á los recuerdos que la terrible fiebre les dejára.

En sus novelas, tanto el señor Ocantos como el señor Martel, tras del cataclismo, han pintado con vivos colores las angustias del caido, la amargura de los trances por los cuales le es menester pasar para tratar de hacer frente á sus compromisos, las humillaciones y el desaliento profundo que se esperimenta. Todos sonrien el dia ántes al especulador afortunado, todos le abandonan friamente al dia siguiente de la catástrofe. La especulacion se convierte así en una especie de mónstruo mitológico que atrae y fascina á los incautos, y una vez envueltos en sus redes, los precipita á un abismo profundo.

En esa parte las citadas novelas provocan reflexiones tristemente filosóficas. Traen involuntariamente á la memoria aquella antigua leyenda popular de los paisanos rusos que nos ha trasmitido Gogol: "En la hora en que el crepúsculo dulcifica sus tintes y que son todavía invisibles los astros, se ven surgir en blancos grupos, del seno de las aguas del Dnieper, á las vírgenes que arrastraron sus almas á la perdicion eterna; la cabellera cae de la verde cabeza sobre sus hombros, las gotas se deslizan por todo su cuerpo y cada vírgen resplandece al través del agua como si fuera ésta una túnica cristalina: los lábios dejan paso á una sonrisa encantadora, se colorean las pálidas mejillas, los ojos brillan y fascinan parece que cada vírgen hiciera languidecer de amor, arder de pasion, trocar besos y besos... ¡Huye, mortal incauto! sus besos son de hielo, su tálamo es el agua, y sus caricias te arrastran á la muerte!" Ese apóstrofe del poeta parece tambien oirse en las páginas de estas novelas.

Pero fuera de duda queda que de ambos libros se desprende una conclusion vigorizadora y altamente moral, por lo mismo que es verdadera: el trabajo únicamente debe imperar, el trabajo honrado, lento, difícil quizá, pero que á la larga tiene forzosamente una recompensa alentadora--con ó sin quizá, conquista el respeto y la consideracion de los demás. ¿Y á que otra cosa mas elevada puede aspirar en esta tierra el hombre altivo que, por sobre todo, coloque el respeto de la propia conciencia? Ese es el *sursum corda* de ambas novelas: por ello, tanto como por el análisis exacto y la pintura de los efectos de la especulacion en la vida social, se les debe tributar un sincero á la par que sentido homenaje.

Decía Scherer en esas páginas encantadoras que llamó su testamento literario y filosófico, que en su larga carrera de crítico el

mayor goce que le proporcionaban las letras
era analizar la persona del autor, el ejemplar
de la especie humana en cuya presencia se
encontraba, amen de la necesidad de apren-
der y de la facilidad de conocer.

Difícil sería aplicar ese criterio al caso
presente. Evidentemente el autor de *Quilito*
es miembro de la novísima generacion literaria y aquellos que entre nosotros le han tra-
tado saben apreciar sus raras condiciones y
cualidades; pero ¿quién es el autor de *La
Bolsa?* ¿estamos en presencia de una persona
real ó simplemente de un pseudónimo? ¿principia recien la vida ó la concluye?

Su libro, mejor que ningun otro indicio,
podría quizá dejarnos adivinar parte del mis-
terio. La juventud se revela por el amor al
dogmatismo, á las reglas inflexibles, á las
verdades universales: es el campeon decidido
de lo absoluto. La vejez es la encarnacion
de lo relativo, natural resultado del contacto
de la vida, del estudio de la historia y de la
habitud del análisis.

"¡Qué deliciosa cosa es la vejez!—exclama un pensador moderno—la vejez que se
aproxima ó que ha llegado ya! pero con la
salud, bien entendido, esa condicion esencial,
ese substratum de todo goce, y con las facultades bastantes intactas para salvarnos de las
debilidades de la decadencia. Las pasiones
están entónces calmadas, miéntras que los
sentimientos pueden aun ser vivaces; el talento, si talento ha habido, ha ganado en
solidez, en tacto, lo que ha perdido en brillo.
El tiempo, que ha disipado las embriagueces
de la juventud, nos ha dado en compensacion
el extraño placer del desengaño. Se ha aprendido á costa propia, pero se ha aprendido
al fin; y esta vida que se escapa, se la vuelve
á conquistar por la experiencia; se posee
uno mismo, y al poseerse, se domina lo que
aun nos queda de destino por cumplir." ¿Podría el señor Martel hacer suyas esas senti-
das palabras?...

Miéntras tanto, el diario que publicára su
novela en folletin, parece haber dado á en-

tender que se trata de una obra de la juventud.

Debemos, pues, considerar á ambos autores como miembros de una misma generacion. ¡Quién sabe qué destino les reserva el
futuro en el progresivo desenvolvimiento de
las letras argentinas! Tienen por delante brillante porvenir, y en la vida abigarrada de
nuestra pátria querida, tela suficiente para
estudiar sus vicios y ensalzar sus virtudes,
levantándose á sí mismos y á su propio país
un monumento, que pueda adquirir las proporciones gigantescas del que servirá al nombre de Balzac para sobrenadar en la posteridad, en el naufragio á que la naturaleza de
las cosas condena la abrumadora produccion
de las generaciones anteriores.

Ambos libros justifican ese voto sincero.
Muestran, además, que sus autores, al penetrar con tanto brio en la difícil senda de la
novela sociológica, han resuelto ser hombres
de su época en toda la acepcion de la palabra. Mezclados á la batalla ardiente de la

vida, van en pos de un ideal bien diverso por cierto de aquella máxima profundamente resignada del cartujo desilusionado: *O beata solitudo, O sola beatitudo!*

Saludemos, pues, con cariño y simpatía á los que así prometen ser lustre de las pátrias letras en terreno casi vírgen, y augurémosles, para que un éxito brillante corone sus esfuerzos, que sepan mantenerse siempre fieles al culto de la severa á la par que amable deidad pagana que, única en todo el Olimpo, naciera armada de piés á cabeza del cerebro de Júpiter, con lo cual la simbólica mitología quiso sin duda prevenir á los mortales que serían aquellos altares los mas exijentes y mas difíciles de contentar.

San Rodolfo, Octubre 25 de 1891.

APENDICE

En el estudio anterior el autor trata en varias partes de los abusos de la especulacion bursátil y hace mencion de un documento que, aun cuando importante, es poco conocido del público. Nos referimos al informe presentado en vísperas de la revolucion de Julio al Excmo. Gobierno Nacional sobre reglamentacion de las operaciones de Bolsa. Ese informe, emanado de una comision especial nombrada *ac hoc*, fué redactado por el Dr. Quesada, en su calidad de miembro informante.

La Comision se componía de los Sres. Dr. D. Filemon Posse, ex-Ministro de Justicia; D. Angel Sastre, ex-Presidente del Banco Nacional; D. Eduardo B. Legarreta, Presidente entónces de la Cámara Sindical de la Bolsa; D. Cárlos T. Becú, uno de los más reputados corredores de Bolsa y el Dr. D. Ernesto Quesada.

Dicho documento, que creemos deber reproducir como *apéndice* al presente libro, provocó una polémica entre nuestros principales diarios; pero la revolucion que estalló á los pocos dias, desvió la atencion de este asunto,

y tan importante informe duerme aun en las carpetas
del Ministerio de Hacienda, sin que el Gobierno haya
adoptado al respecto resolucion alguna.

Como allí se encuentran los fundamentos de muchas
de las opiniones vertidas en el trabajo anterior — principalmente en los capítulos V y VI — creemos que el
lector agradecerá la reproduccion de un documento que
hoy, puede decirse, es desconocido.

El Editor.

Buenos Aires, Julio 15 de 1890.

Al Señor Ministro de Hacienda, Dr. D. Juan A. García.

Señor Ministro:

Los que suscriben, nombrados por decreto del Superior Gobierno, fecha Junio 12 pasado, miembros de la Comision especial "encargada de proponer las reformas ó modificaciones que convengan introducirse en el art. I.º del decreto fecha 19 de Mayo último para facilitar las transacciones y asegurar el cumplimiento de las prescripciones del Código de Comercio vigente," vienen á presentar á V. E. el informe relativo al estudio hecho y á las conclusiones á que arriban. No ha sido posible uniformar las opiniones de los distintos miembros de la Comision, por cuya razon se ha resuelto elevar á V. E. cada informe por separado.

Antecedentes

El nuevo Código de Comercio sancionado en Octubre 9 de 1889, para entrar en vigencia el I.º de Mayo del corriente año, establece en su artículo 76 que "las Bolsas solo podrán funcionar bajo cualquiera de las formas de las sociedades mercantiles." En consecuencia, la Cámara Sindical de la Bolsa de Buenos Aires, en 22 de Febrero pasado, comisionó á dos abogados para que "aconsejasen las reformas que debían introducirse en sus reglamentos á fin de ponerlos en concordancia con la nueva legislacion mercantil." Dicha comision se expidió en Abril 28 acompañando un proyecto de estatutos á fin de dar á la Bolsa el carácter de sociedad anónima, y en 29 del mismo mes la Bolsa se dirigia al Gobierno solicitando la aprobacion de dichos estatutos, los que, prévia una vista favorable del señor Procurador de la Nacion, fueron aprobados por el Excmo. Gobierno por decreto de Mayo 19 último.

En dicho decreto el Gobierno, en el art. I.º, aclaraba el alcance del art. 89 de aquellos Estatutos, por referirse á las operaciones á oro. La Cámara Sindical de la Bolsa, en Junio 6, se dirigió á V. E. solicitando la suspension de la vigencia del referido art. I.º, en mérito de los tropiezos que en la práctica encontraba su aplicacion. V. E. por decreto de 12 del mismo mes así lo resolvió, suspendiendo dicho artículo hasta el 31 del corriente, y nombrando una comision con el objeto expresado al comienzo de este informe.

La cuestion

El nuevo Código de Comercio establece en su artículo 80 que "las especulaciones llamadas *juegos de bolsa*, que consisten en las ventas y compras que no obliguen á ninguna de las partes á la entrega, y no deben resolverse sinó por el pago de las diferencias entre el dia de la compra y el de la entrega, son contratos ilícitos que no producen efecto legal."

Apercibida de la gravedad de esta disposicion terminante, la comision de abogados que confeccionó los estatutos de la Bolsa, decía en su nota de Abril 28 ppdo.: " Con el objeto de hacer efectiva la prescripcion del art. 80 del Código de Comercio, que dispone que son contratos ilícitos las operaciones que se resuelven por el pago de diferencias, hemos establecido, de acuerdo con el señor presidente, un capítulo especial en lo concerniente á las operaciones que versan sobre la moneda metálica y que son las que más directamente afectan el interés social."

Ese capítulo es el XI, art. 80 á 89, cuyo artículo mas importante es sin duda el 89, que dice así: " Los comisionistas ó agentes de cambio depositarán en el Banco Nacional, en los vencimientos respectivos, las sumas en oro y moneda legal á nombre de la Liquidacion de la Bolsa, la que procederá en vista de los recibos de depósito, á verificar los pagos por medio de cheques contra dicho Banco."

El señor Procurador de la Nacion, al informar en Mayo 15 ppdo., sobre los estatutos sometidos á su aprobacion, decía respecto de este punto que: "las operaciones de moneda metálica han merecido tambien en estos estatutos una solicitud especial, al objeto de revestirlas del carácter de verdad y sinceridad necesario, mediante las mas sérias responsabilidades por parte de los comisionistas y demás personas que en ellas interviniesen "

Pero el Excmo. Gobierno al prestar su aprobacion á los Estatutos dijo en el artículo 1.º del decreto de Mayo 19: "apruébanse los presentes Estatutos reformados

de la Bolsa de Comercio de la Capital, siendo entendido
que el alcance del artículo 89 de los mismos, es que los
comisionistas ó agentes de cambio deberán depositar en
el Banco Nacional, en los vencimientos respectivos, la
cantidad íntegra de moneda metálica que hayan vendido, y el precio íntegro de la moneda de curso legal
que hayan comprado, segun conste de los respectivos
boletos en que hayan intervenido."

Los Estatutos entraron en vigencia el 1.º de Junio
pasado.

Pero ya el 6 del mismo mes la Cámara Sindical de
la Bolsa se dirigió á V. E. solicitando la suspension de
dicho artículo 1.º en virtud de las razones siguientes:
"Autorizadas por el Código y por el reglamento de la
Bolsa, las operaciones á metálico, tanto al contado como
por medio de pases, la restriccion en los plazos, en la
forma fijada por el P. E., viene á crear tales dificultades
en el mecanismo general de las operaciones, que la
Cámara no ha vacilado en someter al elevado criterio
de V. E. esta peticion; por lo demás esa resolucion parece en contradiccion con lo dispuesto en el artículo 451
del Código de Comercio."

El artículo citado dice que: "solo se considera mercantil la compra-venta de cosas muebles para venderlas
por mayor ó menor, bien sea en la misma forma en que
se compraron ó en otra diferente, ó para alquilar su
uso, comprendiéndose la moneda metálica, títulos de
fondos públicos, acciones de compañías y papeles de
créditos comerciales."

Y agrega la Cámara Sindical: "además, la forma de
liquidacion indicada por V. E. no podrá hacerse efectiva por no existir la moneda necesaria para ello; sería

posible, aunque difícil, si existiese el *Clearing House* ó una oficina general semejante para la liquidacion general de cheques."

Antes de entrar al fondo de la cuestion, es conveniente notar que si la Bolsa cree que las dificultades con que ha tropezado en su aplicacion el artículo 1.º del decreto de Mayo 19, pueden obviarse con el funcionamiento del *Clearing House*, ó cámara compensadora, estando ésta autorizada expresamente por los artículos 834 y 835 del Código de Comercio, quizá lo mas corto habría sido iniciar las gestiones necesarias para su creacion, ya que que el Código declara que "los banqueros podrán compensar sus cheques en la forma que convengan, de acuerdo con las disposiciones precedentes (tít. *de los cheques*), á cuyo efecto quedan autorizados para formar Cámaras Compensadoras en las plazas de la República."

Exámen de la cuestion

Tal es la cuestion que ha sido llamada á resolver la comision y á cuyo estudio ha dedicado numerosas reuniones y largas discusiones.

La cuestion puede precisarse así: La ley ha querido que las operaciones sobre moneda metálica (para concretarnos á nuestro cometido) sean real y positivamente efectivas, y no simples *juegos de Bolsa* ó de las llamadas *de tiza* en el lenguaje bursátil. Los estatutos de la Bolsa así parecen entenderlo, pero su artículo 89 habla de *sumas*, sin especificar si son ellas las *cantidades* mismas compradas ó vendidas, ó las *diferencias* provenientes de dichas operaciones. Ciertamente no ha podido interpretarse en este último sentido, porque ello habría importado una violacion flagrante del artículo 80 del Código de Comercio, pero el Gobierno, á fin de evitar equívocos posibles, aclaró precisa y terminantemente la interpretacion de dicho artículo, de acuerdo con el Código, en su decreto mencionado de Mayo 19. Pero esa aclaracion importaba reglamentar una faz de la liquidacion bursátil, y en ello se han encontrado los inconvenientes apuntados en la peticion de la Cámara Sindical de fecha Junio 6.

Desde luego, pues, la cuestion queda planteada en esta forma:

¿Es exacto que en la práctica el artículo 1.º del decreto de Mayo 19 es inaplicable? Si lo es ¿qué debe proponerse en su lugar, á fin de evitar el equívoco señalado?

La Comision en mayoría, señor Ministro, despues de haber estudiado detenidamente el punto, no vacila en afirmar que es exacto que en la práctica aquel artículo es inaplicable, y se funda para ello en las razones siguientes:

La obligacion de depositar integramente las cantidades de cada operacion de compra-venta, exige la inmovilizacion de ingentes capitales sin provecho para nadie y causando perjuicios de consideracion al comercio honesto.

En efecto. Prescindimos de la turba de jugadores de bolsa para quienes la pizarra de la rueda es un tapete de ruleta y que operan sin tener necesidades reales que satisfacer sino especulando sobre el azar de combinaciones ó noticias mas ó ménos falsas ó inseguras. Pero el comercio honesto necesita proveerse de oro para sus necesidades de cambio con el exterior ó para satisfacer sus compromisos en plaza, como á veces tlene que deshacerse del oro recibido porque necesita aumentar su capital legal circulante. Y para satisfacer esas legítimas necesidades, ocurre al mercado de esa naturaleza, que es la Bolsa.

Dada la multiplicidad de las operaciones mercantiles en la época presente, sucede con frecuencia que un comerciante honesto despues de comprar ó vender el oro que necesita, reciba nuevas órdenes ó nuevos fondos ó realice una transaccion cualquiera que le haga inútil y aun perjudicial para sus legítimos intereses la compra ó la venta primera de oro, y necesite deshacer ó modificar aquella operacion con posterioridad. En las operaciones á plazo puede muy blen suceder que esto se repita mas de una vez, y al vencimlento de la operacion resulta comprada y vendida varias veces la misma cantidad.

Ahora bien; con arreglo al decreto de Mayo 19, dicho comerciante debería entregar íntegras todas las cantidades compradas y vendidas, lo que le obligaría á tener un fuerte capital reunido durante los dias de la liquidacion con perjuiclo evidente de sus intereses, y con menoscabo de los intereses generales, pues dichas sumas habrían sido sustraidas de la circulacion monetaria sin provecho para nadie. Y si son varios los comerciantes que se encuentran en ese caso, es fácil convencerse de que vendrán á inmovilizarse inútilmente cantidades colosales de dlnero, lo que podría producir una verdadera perturbacion bancaria.

Es verdad que, como lo insinúa la Cámara Sindical en la nota á que ántes se ha aludido, esos inconvenientes desaparecerían en gran parte sl funcionáran las Cámaras Compensadoras, pero como éstas no están nl siquiera

en vísperas de constituirse, preciso es confesar que por
el momento los inconvenientes señalados persistirán. Podría argüirse que puesto que el Código sanciona la
existencia de las Cámaras Compensadoras, si bien exclu-
yendo la iniciativa oficial, y asignándoles un carácter
extrictamente privado, V. E. podría estimular el celo de
los señores banqueros y hacer que éstos se decidan á
establecer una institucion cuyos benéficos resultados son
innegables.

La misma Cámara Sindical de la Bolsa en su *Memoria* correspondiente á 1889, dice, refiriéndose á este
punto: "El *Clearing House*, Institucion importante para una plaza comercial que, como la de Buenos Aires,
fomenta operaciones tan activas y tan valiosas, es una
de las iniciativas á que la Cámara Sindical ha consagrado mayor atencion á fin de implantarla. La necesidad de establecer el *Clearing House* se hace sentir á
cada momento, como una medida para economizar tiempo y facilitar la rápida expedicion de los negocios. La
Cámara cuenta con el asentimiento de los banqueros y
casas importantes, y en breve se organizará definitiva-
mente."

Si así fuera y ese resultado estuviera próximo, la Comision en mayoría cree que no habría lugar á derogar el
artículo del decreto aludido pues en todas las partes del
mundo donde funcionan las Cámaras Compensadoras, li-
quidando diariamente millones de millones, la estadística
ha demostrado que solo se requiere un 5 % de numera-
rio en efectivo para efectuar dichas liquidaciones. De manera que, funcionando en la Capital una Cámara Compensadora, no podrían quejarse los comerciantes ni los
banqueros de que la prescripcion del citado artículo obli-

ga á inmovilizar sin objeto ingentes sumas de dinero, ya que todo se reduciría á un mero canje de cheques. Y quizá es llegada la oportunidad de poner en vigencia esa institucion creada por el Código, permitiéndose la Comision en mayoría recordarlo muy especialmente al Excmo. Gobierno, puesto que ya hoy existe un arreglo de esa naturaleza entre los principales bancos de esta clase y todo se reduciría á reglamentarla debidamente dándole la requerida generalizacion.

No se oculta á la Comision en mayoría que el decreto de Mayo 19 se ajusta á la letra del Código, cuando en su artículo 81 establece que "todo contrato de bolsa ó mercado, obliga á los contratantes al cumplimiento efectivo de las prestaciones estipuladas, cuando no se tratare de los contratos prohibidos," y que estos son justamente los *juegos de bolsa*, diciendo el artículo 78 que "quedan prohibidas todas las operaciones que bajo cualquier forma legítima impliquen un contrato aleatorio de los prohibidos por las leyes," agregando que "tales operaciones no producirán accion en juicio y harán incurrir á sus autores y cómplices en las multas establecidas en el artículo 86" (1,000 á 5,000 pesos por cada infraccion).

Es preciso, pues, ver de alcanzar el mismo resultado por otros medio.

Descartada, por lo tanto, la posibilidad de mantener en vigencia el art. 1.º del decreto de Mayo 19, preciso es resolver que medida se sustituye en su lugar, ya que no es posible aconsejar llana y lisamente su supresion y dejar las cosas en *statu quo*, pues la práctica de estos meses de Junio y Julio ha demostrado que el art. 89 de los Estatutos de la Bolsa se interpreta como significando la palabra *sumas*, las *diferencias*, pero no las *canti-dades* de las operaciones, lo que está en manifiesta opo-sicion con el art. 80 del Código de Comercio.

Para sustituir alguna medida á la reglamentacion es-tablecida por el decreto citado, no hay sino tres tempe-ramentos posibles: 1.º ó se establece un control eficaz en el acto de la liquidacion á fin de garantir la efectivi-dad de las operaciones y que la ley no sea violada; 2 º ó se busca la garantía de dicha efectividad en las personas que en ellas intervienen; 3.º ó se simplifica la liquidacion de manera que quede frustado el propósito del mero juego de diferencias.

1.º

¿ Es posible establecer un control eficaz para garantir la efectividad de las operaciones?

La Comision en mayoría opina que no. Desde el mo-mento que no se puede hacer exigible la entrega de las cantidades mismas compradas y vendidas, no es posible evitar que corredores avezados al oficio y entendidos entre sí, simulen operaciones legítimas encubriendo sim-ples juegos de bolsa que se resuelven en el pago de di-ferencias. No hay intervencion posible para evitar el fraude en esas circunstancias, y cualquier medida que se aconseje sería perfectamente ineficaz y serviría solo de rémora para las operaciones legitimas, viniendo á ado-lecer del mismo defecto de la reglamentacion anterior.

Es verdad que con arreglo al art. 342 del Código de Comercio, la Bolsa se encuentra comprendida entre " las sociedades anónimas que exploten concesiones hechas por autoridades ó tuvieren constituido en su favor cualquier privilegio;" de modo que tambien le es aplicable la resolucion relativa á aquellas, de que "podrán ser fiscalizadas por agentes de las autoridades respectivas, remunerados por las sociedades, aunque en el título constitutivo no se establezca expresamente tal fiscalizacion." La Comision en mayoría cree que V. E. debería no diferir el cumplimiento de esa prescripcion, tanto mas cuanto que dichos agentes desempeñan funciones de suma importancia, ya que el Código dice " que se limitarán al cumplimiento de las leyes y estatutos y especialmente al de las condiciones de la concesion y las obligaciones estipuladas en favor del público," agregando que "informarán siempre á la autoridad correspondiente sobre cualquier falta de las sociedades y al fin de cada año les presentarán una memoria detallada sobre lo que juzguen conveniente observar."

Pero aun asímismo no cree la Comision en mayoría que la intervencion de aquel funcionario pudiera evitar los mil subterfugios de que hacen desgraciadamente gala los que en la Bolsa desnaturalizan la legitimidad de las operaciones.

2.º

¿ Puede encontrarse la apetecida garantía de la efectividad de las operaciones en la condicion de los agentes que en ellas intervienen ?

La Comision en mayoría cree que sí. Si se exige de los corredores de la rueda de oro determinadas garantías para el desempeño de sus funciones, es evidente que por ese solo hecho se produce una seleccion entre ellos, por la cual naturalmente quedan eliminados los malos elementos y subsistentes solo los que tienen sufi-

ciente seriedad y responsabilidad para suponer que se
ocupan de negocios legítimos y no de juegos ilícitos.
Ciertamente eso es la regla general, si bien es posible
que se deslicen aun algunos elementos reprochables
entre ellos, pero no pudiendo obtener lo perfecto, es
preciso contentarse con lo bueno.

La rueda del oro es de una naturaleza especialísima.
Baste observar que no encontrándose el país bajo el
imperio del curso forzoso sino del curso legal, la rueda
bursátil es la que en realidad fija el valor de la moneda,
lo que implica hasta cierto punto invadir una atribucion
de la soberanía nacional, ya que la Constitucion nacional en el inciso 10 del artículo 67 establece que es atribucion privativa del Congreso "hacer sellar moneda,
fijar su valor y el de las extranjeras," y como el Código
de Comercio en su artículo 83 dice que "el resultado de
las operaciones y transacciones reales y legítimas que se
verifiquen habitualmente en las bolsas ó mercados, de-
terminará el curso del cambio, el precio corriente, etc.",
resulta que las cotizaciones de la rueda bursátil hacen
fé ante los tribunales respecto del valor de la moneda
del país.

¿Y cómo se efctúa esa fijacion bursátil del valor de la
moneda nacional? La Cámara Sindical se encarga de
decirlo en su ya citada *Memoria:* "no es la oferta y la
demanda la que regula el tipo; un agente perturbador,
la espectativa y la desconfianza, dominan el mercado
entregándolo á saltos bruscos, segun la nota impresionista del dia."

Sin embargo, es justamente esa cotizacion bursátil de
la moneda nacional la que fija la proporcion de los valores para todas las cosas; y si las palabras anterior-

mente citadas son exactas al referirse al año 1889, en que las oscilaciones del premio del oro alcanzaron apénas á 20 en todo el año ¿cómo no lo serán en la actualidad, en que en una misma rueda, es decir, ménos de una hora, fluctúa el valor del oro 20 ó 30 puntos? Nos encontramos en presencia de una verdadera calamidad pública, y forzoso es estudiarla con tranquilidad.

La declaracion citada de la Cámara Sindical consagra un hecho que es del dominio público, á saber: que las oscilaciones del oro no dependen de las necesidades de los cambios ni del exceso de las emisiones, sino de la especulacion desenfrenada, engendrada por un pánico que no razona y que se impresiona por cualquier cosa. El país entero, sobre todo el que se extiende de las afueras de la Capital hasta los confines de la República, nada tiene que hacer con la Bolsa, y sin embargo, está condenado á una especie de danza de San Vito bursátil, pues minuto por minuto se encuentra afectado por las fluctuaciones de la moneda nacional.

La crisis económica porque atravesamos se encuentra en pleno paroxismo, con el crédito personal agotado, el crédito real anulado, sin valor la propiedad raíz, sin brújula el comercio, pues ignora los precios que debe cobrar por sus mercaderías, y por sobre ese cuadro de desolacion se yergue fantástica la cotizacion del oro, hoy en las nubes, mañana en el suelo, sin obedecer jamás á criterio racional alguno, y el país se halla entregado á un caos verdadero, por carecer de una medida fija de los valores. ¿Cómo puede sostenerse en presencia de semejante estado de cosas, que el Gobierno prescinda de la cotizacion del oro y la deje entregada al pánico ó á las pasiones siniestras que se aprovechan de momentos semejantes para medrar con perjuicio de los inocentes? Máxime cuando esto sucede en épocas en que las cosechas han excedido las esperanzas más lisongeras y que la produccion del país ha llegado á la mayor altura.

La misma Cámara Sindical lo ha dicho en su *Memoria:* "Esta desvalorizacion de 230 % (hoy supera á 300 %) no tiene precedentes sino en los asignados, en una época de bancarrota revolucionaria, de guerra incesante, en que cada victoria, con asombro del Gran Capitan, producia un descenso en los titulos de renta pública. Y despues, en los Estados Unidos, en la lucha de secesion, en que esterilizados por la guerra civil el crédito y todos los elementos de produccion, el dollar se depreció hasta 220. Pero aquí había una causa real, profunda, orgánica: un agotamiento producido por la guerra que acelera el consumo y esteriliza el crédito, anulando por otra parte la produccion. Entre nosotros, no hay ninguna de estas causas de empobrecimiento efectivas, que paralizan á un país, que secan sus fuentes de riqueza, y hacen dudoso el porvenir."

Defendiendo despues á la Bolsa de ser la causante de la depreciacion de la moneda nacional, agrega la Cámara Sindical: "Esta situacion es transitoria; está en los espíritus y en la prevision pesimista que juzga por la apariencia de los fenómenos financieros. El pánico es ciego, pero sumiso y dócil, y lo mismo produce una alza que una baja de 50 puntos. Basta una impresion dominante, adversa ó favorable, para inducirlo en uno ú otro sentido. Producir la confianza y arraigarla en los espíritus, es el remedio de esta situacion; la influencia que necesita el país para valorar su moneda fiduciaria, es una influencia moral, más que financiera, que convenza y desarme el pesimismo difundido en el interior y en el exterior."

Sea de ello lo que fuere, es evidente que la depreciacion de la moneda nacional no estriba en el desequilibrio de los cambios, ya que hoy producimos mas que ayer; tampoco depende del exceso de circulacion fiduciaria, porque si con 160 millones de emision á principios de 1889 el oro se cotizaba á 150 °/₀, con 200 millones hoy no es lógico que se fije en 300 °/₀. Hay además en otros países ejemplos elocuentes que eximen de ulterior demostracion. Así en Francia, durante el curso forzoso establecido por decreto de Agosto 12 de 1870, como consecuencia de la guerra franco-alemana, hasta el 1.º de Enero de 1878 en que volvió á decretarse la conversion, la moneda nacional no sufrió depreciacion sensible, á pesar de que la emision existente al decretarse el curso forzoso era de 525 millones de francos; el mismo dia del decreto fué aumentada de golpe á 1,800 millones, dos dias despues á 2,400, el 29 de Diciembre de 1871 á 2,800 millones, el 15 de Julio de 1872 á 3,200 millones y hoy es de 3,500 millones. A pesar de ese empapelamiento colosal al que no respondia encaje metálico de ningun género, pues el Banco de Francia había vaciado sus arcas para contribuir al pago del tributo de guerra de los 5,000 millones, la moneda nacional no sufrió depreciacion sensible.

Luego, pues, es evidente que la depreciacion de nuestro papel moneda señalada diariamente por la cotizacion bursátil, obedece á causas de distinta índole, á la especulacion, al pánico, á lo que se quiera, ménos á las necesidades reales del país. Es preciso, por lo tanto, impedir que grupos mas ó ménos audaces labren fortunas colosales explotando la ignorancia, la credulidad ó el miedo de las gentes. Que las operaciones sean legítimas, pero que se corte el abuso. El país entero lo reclama á grito herido, arruinándose con el estado actual de cosas en que solo impera la licencia.

Propiamente, el curso del oro ó sea el premio del metálico debería estar solo regido por la cotizacion de los cambios sobre el exterior, en razon de la mayor ó menor oferta de letras en plaza, como sucede en todas partes del mundo. Porque en realidad el oro solo se necesita para el pago de obligaciones en el exterior y jamás se remite metálico sino se toman letras en plaza. Es un abuso verdadero este juego diario del oro, pues ni circula oro ni se necesita para las necesidades internas, teniendo el país una moneda legal. Pero hoy sucede que las letras de cambio se negocian primero á oro y en seguida se reduce el oro á papel, produciendo esto rémoras y pérdidas de consideracion. Las demás naciones, aun aquellas que como Chile viven con un premio de oro elevado, jamás tienen las oscilaciones exajeradas en el valor de la moneda nacional que se ven á cada instante entre nosotros, porque la depreciacion del papel con relacion al metálico tiene su isocronismo conocido, segun las épocas del año en que hay abundancia ó escasez de letras sobre el exterior.

Entre nosotros, la anomalía existente proviene quizá del error cometido por el decreto de Enero 5 de 1885, estableciendo tan solo el curso legal para nuestra moneda fiduciaria, cuando lo correcto y lo conveniente habría sido implantar de lleno el curso forzoso. Hoy sufrimos las consecuencias de aquel error.

Por más absurdo que eso parezca, el hecho existe.

Luego, pues, nada mas natural que exigir en los que se ocupan de cotizar el valor de la moneda nacional, determinadas condiciones de garantía.

Los mismos Estatutos de la Bolsa reconocen esto implícitamente, puesto que además de sus sócios, tienen los "comisionistas ó agentes de cambio," quienes deben llenar los requisitos del art. 59 para poder ser reconocidos en ese carácter y efectuar operaciones en las ruedas. Con el mismo criterio, pues, que la Bolsa ha establecido condiciones especiales á los comisionistas de todas las ruedas, cree la Comision en mayoría que deben á su turno establecerse otras condiciones mas especiales para los agentes que actuen en la rueda del oro. Así, es de opinion la Comision en mayoría que los comisionistas facultados para operar en la rueda del oro, además de las condiciones que establece el art. 59 de los Estatutos de la Bolsa, deben depositar en el Banco Nacional la suma de 100,000 pesos en dinero ó en títulos nacionales de renta, " con el fin de hacer efectivas las responsabilidades en que incurriesen por falta de cumplimiento á las operaciones bursátiles."

Esta restriccion aconsejada no es quizá absolutamente satisfactoria, porque la extricta observancia de lo que el Código dispone respecto de los corredores debería evitar cualquier peligro, pero desgraciadamente la experiencia enseña que esta precaucion es un freno necesario y todas las Bolsas del mundo han establecido fianzas ó garantías mas ó ménos severas. Es cierto que habría podido aconsejarse otros arbitros, tales como el de limitar el número de los corredores facultados para operar en el oro, ó el de exigir que fueran préviamente propuestos por la Cámara Sindical al Excmo. Gobierno

para su aceptaciun, cuyas medldas no importarían restriccion á la iibertad de comercio garantida por la
Constituclon, slno justas precauciones adoptadas por
tratarse de agentes de cuyos manejos depende la fijacion del valor de la moneda nacional. Con todo, en el
estado actual de cosas, la medida aconsejada parece la
mas prudente.

No se escapa á la Comislon en mayoría que los Estatutos de la Bolsa han creado una entidad *sui generis*
bajo el nombre de "comisionista de Bolsa ó agente de
cambio," intermediario no reconocido por el Código de
Comercio y sobre el cual nada, por lo tanto, se legisla.
Es de toda evidencia que esta creacion híbrida no ha
respondido sinó al propósito de eludlr el cumplimiento
de la severa reglamentacion establecida por el Código
respecto de los corredores. Hoy han desaparecido como
por encanto los corredores del recinto de la Bolsa, todos son "agentes de cambio." Por ese inocente cambio
de nombre créese que no les son aplicables los artículos
del Código relativos á los corredores. Hay en esto un
fraude manifiesto que ha pasado quizá desapercibido
del Excmo. Gobierno y que urge remediar, pues los
tribunales de justicia en el primer caso que se presente
no podrán ménos de atenerse á la ley y desconocer esta
nueva entidad creada por la Bolsa.

Porque si es cierto que la ley de Noviembre 6 de 1888
equiparó los corredores de Bolsa á los corredores de
comercio, el Código posterior solo se ocupa de legislar
sobre estos últimos, entre los que se encuentran com-
prendidos aquellos.

Los autores de los Estatutos de la Bolsa justifican tan
extrañísima innovacion, que vendría á permitlr á cual-

quier sociedad anónima el violar á su antojo la ley, diciendo: "hemos adoptado esta distincion con el propósito de dar á las operaciones de bolsa la legalidad necesaria, desde que, segun la opinion autorizada de respetables comerciantes, no es posible ni regular, dar el nombre de la persona por cuya cuenta se opera, en la mayor parte de las negociaciones, sin producir perjuicios irreparables, y desde que los simples corredores, auxiliares del comercio, no pueden proceder en otra forma." Llama la atencion que se haya creido posible eludir leyes de órden público como es el Codigo de Comercio, haciendo que una sociedad particular dé vida á auxiliares del comercio no reconocidos por el Código, y en presencia de la ley terminante de Noviembre 6 de 1888, que equiparó los corredores de Bolsa á los corredores de comercio. Lo mas que hubiera podido hacerse era solicitar del Gobierno recabase del H. Congreso una ley especial que derogue en esa parte el Código de Comercio y sancione la existencia legal de los "agentes de cambio."

Además, el inconveniente de dar el nombre del comitente no existe, puesto que todo lo que el Código dice en su art. 102 es que "dentro de las 24 horas siguientes á la conclusion de un contrato, deben los corredores entregar á cada uno de los contratantes una minuta firmada del asiento hecho en su registro sobre el negocio concluido." El art. 69 de los Estatutos dice igualmente: "en las operaciones que no sean al contado, los comisionistas de Bolsa se entregarán mútuamente dentro de 24 horas un boleto firmado, expresando los términos y condiciones de la operacion. Estos boletos harán fé en la liquidacion." Esto es lo que siempre se ha hecho

y lo que se continúa haciendo hoy, no solo entre corredor y corredor, sino entre cada corredor y su comitente,
constituyendo así esos boletos la constancia exacta del
contrato celebrado entre las partes con intervencion de
dichos agentes. Así el art. 62 de los Estatutos establece
que "los comisionistas de Bolsa no podrán realizar operacion bursátil alguna sin estar munidos préviamente de
una órden escrita de su comitente," agregando el artículo 64 "que los contratos hechos por los comisionistas
obligan á sus comitentes, debiendo aquellos exigir de
estos un boleto con *conforme* que acredite la acepta-
cion del negocio." El argumento, pues, es inconveniente, y si la Comision en mayoría ha empleado en este
informe la voz "comisionista ó agente de cambio," ha
sido meramente para no introducir confusiones de nombres, pero es su opinion que tales entidades no existen
y que los que así se denominan son los corredores sobre los cuales únicamente legisla el Código.

La aprobacion del Excmo. Gobierno de dichos Estatutos por su decreto de Mayo 19, no puede implicar de-
rogacion del Código, pues no está en las facultades de
un decreto el derogar una ley; se explica por la premu-
ra del despacho que se considera de trámite, lo que
igualmente se aplica al señor Procurador General de la
Nacion, quien en su vista aprobatoria de dichos Estatutos ha incurrido en el mismo error involuntario.

Hay en los Estatutos un capítulo titulado *De los corredores*, que induciría á creer que los agentes de los
cuales allí se trata son los corredores de Bolsa á que
se refiere el art. 82 del Código de Comercio, cuando dice que "los corredores de Bolsa están sujetos á los requisitos y disposiciones de este Código sobre los cor-

redores, y en caso de infraccion, no tienen accion para
cobrar comision ni emolumento alguno, quedando per-
sonalmente obligados en todas las operaciones ó transacciones que verifiquen.'' Pero si así se creyese, basta-
ría la lectura de dicho capítulo para convencerse de
que los corredores á que se refieren los Estatutos son
los simples corredores ordinarios, pues sus funciones
no son otras que las de estos. El hecho de que un corredor celebre un contrato cualquiera dentro del recinto
del edificio de la Bolsa, no le da el carácter de corredor
de bolsa: ni á la operacion celebrada el de operacion
bursátil. El carácter de corredor de bolsa depende de
la naturaleza bursátil de sus operaciones, que deben
para serlo verificarse en las ruedas de la Bolsa, y esta
clase de operaciones con arreglo á los Estatutos solo
puede hacerlas el verdadero corredor de bolsa, disfrazado para el caso con el nombre de " comisionista de
bolsa ó agente de cambio.''

Y debe aquí hacerse presente además que es necesario cortar un abuso que ha sido frecuente en la Bolsa, á
saber: que la Cámara Sindical ha autorizado como corredores de Bolsa ó "comisionistas ó agentes de cambio"
á personas que no estaban matriculadas en el Tribunal
de Comercio como corredores de ley, violando así el
art. 89 del Código de Comercio.

Es, pues, indispensable que el que aspire á ser corredor de bolsa ó "comisionista ó agente de cambio," haya
préviamente obtenido su matrícula de corredor con arreglo á la ley.

Además todo el capítulo X, seccion I.ª de los Estatutos, que trata de los "comisionistas de bolsa ó agentes
de cambio" no es mas que la cópia del capítulo del

Código que trata "de los corredores," suprimiendo
tan solo las disposiciones severas y terminantes de
la ley.

Se arguye igualmente que los "comisionistas de bolsa"
son responsables para con la liquidacion de las cantidades porque operan y que en tal carácter pueden ser in-
solventes. Pero si esta es la práctica errada, la ley orde-
na lo contrario, y los mismos Estatutos para conciliar
ambos términos excluyentes, han adoptado disposiciones
ambiguas. Así el inciso 5.°, art. 94, establece que si el
comisionista falta al aporte de su obligacion, deberá dar
ante la Comision del Interior los nombres de sus comitentes que han causado la falta, con lo que queda á salvo. Eso está de acuerdo con el art. 97 del Código. Pero
en seguida en los artículos 96 al 99, los Estatutos regla-
mentan el procedimiento relativo á la insolvencia de los
"comisionistas de bolsa," lo que es abiertamente contrario al Código, pues en caso alguno puede quebrar un
corredor. Efectivamente, desde que no puede operar por
cuenta propia ni hacerse responsable de la solvencia de
sus comitentes, no hay posibilidad de quiebra: si falta
hay, será del comitente, jamás del corredor. De ahí que
la ley repute siempre fraudulenta la quiebra de un corredor, al decir del art. 1550, y de ahí que se promoviera
ante nuestros tribunales por accion fiscal, la aplicacion
de la justa penalidad impuesta á dichos agentes fraudulentos. Con frecuencia se expulsaban de la Bolsa como
quebrados fraudulentos á corredores á quienes se les ha
probado que operaban por su cuenta, y sin embargo, la
ley queda burlada á pesar de sus disposiciones terminantes.

Sin embargo, la Cámara de Apelaciones, esquivando

resolver la cuestion de fondo y deteniéndose en la cuestion prejudicial, desechó la accion fiscal de oficio. Sin
entrar á examinar la razon ó sinrazon de esa sentencia,
ella viene á impedir el castigo de los corredores de Bolsa que son quebrados fraudulentos, y es menester poner
remedio á este estado anómalo que esteriliza las disposiciones pertinentes del Código de Comercio y las corre-
lativas del Código Penal.

Por esa razon la Comision en mayoría, persuadida fir-
memente de que la Bolsa honrada no desea tener solida-
ridad alguna con dichos quebrados fraudulentos, es de
opinion que el Excmo. Gobierno debe reclamar del Ho-
norable Congreso, con el carácter de verdadera urgen-
cia, la sancion de una ley que venga á llenar este vacio.
Esa ley podría ser la ya aconsejada á V. E. por la comision de jurisconsultos nombrada en Abril 21 ppdo. y
que al elevar su informe de fecha Junio 2, indicaba la
medida que hoy viene la Comision en mayoría á solicitar, si bien la indicaba como reforma al reglamento de
la Bolsa, lo que es erróneo, desde que existe sentencia
judicial contraria.

El proyecto de ley cuya sancion se hace todos los
dias mas indispensable obtener, es el siguiente:

Art. 1.º Llegado el caso de cesacion de pagos de un
corredor de Bolsa (comisionista de Bolsa ó agente de
cambio), deberá la Cámara Sindical de la Bolsa de Comercio dar cuenta dentro de las 24 horas de comprobado el hecho de que dicho corredor ha operado por su
cuenta y que en consecuencia es fallido fraudulento, al
juzgado de instruccion criminal para el exámen de sus
libros y papeles. Si la Cámara Sindical no lo hiciere así
y sin perjuicio de las responsabilidades en que por ello

14

incurra, el Agente Fiscal en turno queda autorizado para iniciar la causa de oficio.

Art. 2. Los Jueces del Crímen procederán en estas causas sin que sea necesario que los de Comercio hayan hecho la declaracion de !a quiebra de los corredores de Bolsa y sin perjuicio de los efectos que tal acto jurídico produzca en el concurso y su liquidacion.

Art. 3.º Si del exámen de los libros y papeles de dicho corredor ó por otras pruebas, resulta comprobado el hecho de que ha operado por su cuenta, ó bajo el nombre de un comitente supuesto, ó con manifiesta simulacion, sufrirá la pena prevista por el Código Penal para los fallidos fraudulentos. En los demás casos la quiebra del corredor de Bolsa será juzgada con arreglo á las disposiciones del tít. 12 del libro IV del Código de Comercio.

Tales son las disposiciones que á juicio de la Comision en mayoría urge hacer sancionar por el H. Congreso. Entónces los tribunales de comercio estarán habilitados para proceder de oficio y se habrá cortado el escándalo actual de que la Bolsa declara quebrados por sí y ante sí á sus corredores y sigue un procedimiento especial, sin importársele nada de las leyes. Pero la quiebra no produce efectos legales sinó en cuanto interviene sentencia de tribunal competente que la declare, segun lo dispuesto por el art. 521 del Código de Comercio.

Restablecida, pues, la calidad de corredores que corresponde á los agentes que intervienen en las operaciones de Bolsa, todas las dificultades se allanan, pues no hay sino aplicar las disposiciones del Código. Así desaparecerá esa práctica abusiva del *arrastre*, que está fuera del derecho comun y que viola disposiciones claras y terminantes de nuestras leyes.

3.º

Y aquí se presenta la otra faz de la cuestion: ¿es posible introducir simplificaciones en el procedimiento de la liquidacion bursátil para garantir la legitimidad de las operaciones?

La Comision en mayoría cree que sí. Es preciso suprimir el *remate* y los *arrastres* en la liquidacion. Mas aun: esos procedimientos violan disposiciones terminantes de nuestras leyes y han sido ya condenados por sentencias de los tribunales. ·

Con el Código en mano, veáse cual es la marcha de una operacion bursátil. El comitente encarga la compra ó venta de oro á un corredor, este lo efectúa en la rueda á otro corredor, guardando en ese acto "secreto riguroso de todo lo que concierne á las negociaciones que se le encargan, bajo la mas estrecha responsabilidad de los perjuicios que se siguieren por no hacerlo así," al decir del artículo 100. Dentro de las 24 horas entregará al comitente el *conforme* de la operacion efectuada, con arreglo al art. 102, y en dicho conforme se dice que "se ha comprado ó vendido por su órden á don Fulano de Tal (el otro corredor) tal cantidad para tal fecha." Como los asientos en los registros deben ser fidedignos, el contrato queda perfecto entre ambos comitentes por intermedio de sus corredores. Llegado el momento de la entrega, los corredores, según el artículo 101, "tienen obligacion de asistir á la entrega de los efectos vendidos," que en el caso del oro la efectuan ellos mismos. Si al efectuar uno de los corredores la entrega, que se

hace depositando préviamente el metállco ó el el billete
en el Banco Nacional y presentando el certificado de
depósito á la liquidacion de la Bolsa, el otro corredor
no efectua la entrega, por haberle faltado su comitente
¿qué sucede?

Aquí es donde la ley dice una cosa y la Bolsa otra.

La Bolsa hace comprar en *remate*, terminada la liquidacion, por cuenta del comitente que ha cumplido, la
cantidad de oro no aportada por el otro, y lo obliga á
tomarla al precio que resulte. Así, un comerciante honesto necesita oro para tal fecha, lo hace comprar por
su corredor al precio de tanto, supongamos 200, segun
el conforme que se le entrega; llega el dia del venci-
miento de la operacion, lleva la cantidad de billetes requerida para recibir el oro comprado, y sin consultarle
ni avisarle, un par de horas despues, si el corredor con
quien contrató el suyo no ha llevado el oro, el liquida-
dor lo compra en remate al precio de cuanto, supongamos 250, y obliga á dicho comerciante honesto á de-
sembolsar mas billetes para recibir su oro, pudiendo
encontrarse sin dinero en ese momento y pasar por la
vergüenza de una quiebra. En vano el comerciante honesto protesta y dice que él ha comprado el oro á tal
precio y que no lo quiere comprar á tal otro; en
vano muestra la ley que lo ampara — por sobre la
ley se coloca la Bolsa y lo obliga al sacrificio, diciéndole en seguida: "vaya á perseguir al otro comitente
que faltó, para que le pague los daños y perjuicios."

Por cierto que el remate dada esa práctica es infaliblemente un *torniquete*, para usar de la expresion bursátil, por el que se eleva artificialmente el valor de la
moneda de oro durante un dia, causando perjuicios

enormes al país entero, pero dando pingües ganancias á los bolsistas hábiles. Las gentes de bolsa pretenden, con todo que el *remate* es indispensable para poder efectuar la liquidacion, porque de otra manera no se podría saber el monto exacto de la *diferencia* ó sea de los daños y perjuicios causados al comitente honesto por el comitente deshonesto. Nótese que prescindimos de los corredores, pues el artículo 97 establece que "no responden, ni pueden constituirse responsables, de la solvencia de los contrayentes," por cuya razon y estándoles prohibido por el artículo 105 toda operacion por su cuenta, si llegan á quebrar se reputa siempre ésta como fraudulenta, conforme al artículo 1550.

Pero la Comision en mayoría opina que la liquidacion debe efectuarse sin *remate*, adoptándose como tipo para las diferencias de los que no entregan lo comprado ó vendido, la última cotizacion efectuada.

Pues bien, por la ley comun (art. 508 y 511 del Código Civil y concordantes) "el deudor de la obligacion es responsable al acreedor de los daños é intereses, cuando por culpa propia ha dejado de cumplirla," y el acreedor puede elegir uno de los tres medios que le señala el art. 505 para hacer efectiva la obligacion ó para exigir daños y perjuicios. Todas estas disposiciones son aplicables pues en los casos en que no estén especialmente regidos por este Código, dice el de Comercio en el art. 1.º título preliminar, "se aplicarán las disposiciones del Código Civil."

En el caso supuesto mas arriba, el comerciante honesto que lleva su oro ó sus billetes, tiene pues tres temperamentos posibles: ó emplear los medios legales, á fin de que el deudor (comitente que ha faltado) le procure aquello á que se ha obligado; ó "hacérselo procurar por otro á costa del deudor," lo que sería el caso de comprar el oro ó los billetes que el otro no llevó, en la liquidacion misma, si á ello se somete voluntariamente; ú "obtener del deudor las indemnizaciones correspondientes." No hay otro temperamento posible De manera que si dicho comerciante prefiere recoger su oro ó sus billetes y presentarse ante los tribunales á demandar al otro para que le entregue lo que le compró y por el precio que se lo compró, nadie tiene derecho para impedírselo ni ménos para obligarle á someterse á una nueva compra que no ha ordenado ni consiente.

El procedimiento actual de la Bolsa, es, pues, perfectamente abusivo y atentatorio á la ley. Nuestros tribunales así lo han reconocido.

En una notable sentencia relativa á un caso de *arrastre* proveniente del *krach* del Banco Constructor, el Juez de Comercio Dr. Matienzo decía: "cualquiera que sea el contenido de ese reglamento, es obvio que él no puede obligar mas que á los sócios de la Bolsa, porque las convenciones solo producen efecto entre los contrayentes, como lo establece el Código de Comercio artículo 226 y el Código Civil art. 1195.

Por consiguiente, el hecho de confiar una comision á un sócio de la Bolsa no implica someterse á las disposiciones internas de esta asociacion privada. Si así no fuera, se daría el absurdo de que cada una de las asociaciones organizadas por los distintos gremios de la poblacion, impondría su voluntad á las personas que contratasen con sus sócios, y la ley perdería toda eficacia para reglamentar las relaciones jurídicas. Pero aun en el supuesto de que ambos contratantes hubieran sido sócios de la Bolsa, esa circunstancia no modificaría la naturaleza y efectos de los contratos de comision y compra-venta, que permanecerían siendo lo que la ley ha querido que sean. Las leyes no pueden ser derogadas sino por otras leyes: Código Civil art. 144 *(In re Leslie versus* Creagh, *Conf. Nacion* Abril 8 pdo.)

Mas aun. El mismo juez aclarando el punto añadía: "no hay sociedad particular que pueda lícitamente dictar reglamentos destinados á impedir la aplicacion de las leyes vigentes.

"Por otra parte, eso importaría una renuncia general de las leyes, que está prohibida por el art. 19 del Código Civil

"Lo único lícito es renunciar en cada caso particular los derechos que miren solo al interés individual: porque nadie puede dejar sin efecto las leyes en cuya observancia están interesados el órden público y las buenas costumbres: Código Civil, art. 21; Código de Comercio, regla XVIII. No se diga que el reglamento de la Bolsa podría aplicarse supletoriamente, á título de uso práctico ó costumbre. Razonablemente no es posible calificar de costumbre el estatuto de una asociacion particular. Costumbre es la regla constante y uniformemente seguida por el pueblo ó una clase del pueblo en una materia dada. Es cierto que podría suceder que el reglamento de la Bolsa concordara con las costumbres, pero aun entónces, sería la costumbre y no el reglamento lo que habría que tomar en consideracion."

Entrando en seguida al fondo del caso *sub judice*, dice el juez: "Hay que tener presente que el comisionista está obligado á cumplir el mandato conforme á las órdenes dadas ó instrucciones del comitente: Código de Comercio, art. 342. Segun el art. 514 del Código de Comercio, el contrato de compra-venta queda perfecto desde que el comprador y el vendedor convienen en la cosa y en el precio, aunque éste no se haya pagado ni aquella entregado todavía. Pero vencido el plazo el comprador no cumplió el contrato. ¿Qué debía hacer el comisionista? Dar aviso inmediato á su comitente para que éste pudiera modificar sus órdenes, segun terminantemente lo establece el art. 340 del Código de Comercio."

Es de notar que en el caso *sub judice* el corredor, sometiéndose á las prácticas y al reglamento de la Bolsa, aceptó el *remate* y abonó la diferencia por el *arrastre*, todo lo cual quería cobrar de su comitente.

El juez continúa así: "es ménester examinar, entónces, si la solucion adoptada por el comisionista estaba autorizada por la ley. Tres caminos legales puede seguir el vendedor, cuando el comprador no puede ó no quiere pagar el precio: 1.º revocar el contrato por mútuo consentimiento (Código de Comercio, art. 209); 2.º demandar judicialmente la resolucion con daños y perjuicios (arts. 245 y 535); 3.º reclamar el precio con el interés corriente por la demora, poniéndose los efectos á disposicion de la autoridad judicial para que resuelva su depósito y venta pública por cuenta y riesgo del comprador (art. 535)."

En la práctica bursátil nada de esto se observa, y por el contrario la liquidacion de la Bolsa asume funciones judiciales vendiendo en *remate* y condenando al pago de los *arrastres* Pero es manifiesto que si para nada interviene la autoridad judicial, el contrato se considera ante la ley como revocado y extinguidas las obligaciones resultantes de él.

Pero la sentencia aludida es más terminante todavía, pues dice:

"Concluido el negocio, acaba el mandato, segun el artículo 326 del Código de Comercio. Además, habiendo espirado el término por el cual se dió el mandato, éste cesó con arreglo al art. 1960 del Código Civil, aplicable supletoriamente al caso, con sujecion al art. 191 del Código de Comercio. La nueva venta (en el *remate)* fué, pues, una verdadera gestion de negocios, desde que se hizo sin mandato del dueño de la cosa vendida: Código de Comercio, art. 332 y Código Civil art. 2238. Y bien, la gestion de negocios no obliga al dueño sino cuando la hubiere aprobado ó le resultare una utilidad evidente: art. 332. Ninguno de estos extremos se ha justificado en el caso presente, ántes bien se ha comprobado, por el contrario, que ha resultado pérdida y que no ha mediado ratificacion del dueño del negocio. Luego el comitente no está obligado á pagar al gestor los perjuicios provenientes de la gestion, ni aceptar la venta hecha sin su consentimiento."

Es preciso observar además que las prácticas de la liquidacion bursátil perjudican de una manera mas directa aun al comitente *bona fide.* En los casos de *remate* proceden los corredores sin autorizacion de sus comitentes, revocando el contrato celebrado y aceptando otro sin aviso prévio.

Por ello dice la sentencia citada: "¿estuvo facultado el comisionista para dicha revocacion? La revocacion del contrato por mútuo consentimiento entre el comisionista y el tercero, importa la renuncia del derecho de optar entre pedir daños y perjuicios por la falta de cumplimiento del contrato y perder la ejecucion del mismo con los intereses de la demora. El comisionista renuncia estas acciones en vez de cederlas á favor de su comitente, que no tiene accion directa contra los terceros contratantes sino mediante esta cesion: Código de Comercio, art. 337. En consecuencia debe aplicarse, el art. 347 del Código de Comercio, segun el cual las consecuencias de un contrato hecho por un comisionista contra las instrucciones de su comitente ó con abuso de sus facultades, serán de cuenta del mismo comisionista sin perjuicio de la validez del contrato."

La Comision en mayoría ha creido deber citar esos notables párrafos de dicha sentencia, porque fijan clara é inequívocamente la jurisprudencia de nuestros tribunales al respecto, y demuestran que se trata de prácticas viciosas que es urgente extirpar y que no pueden servir sino como semillero de pleitos.

Suprimido, pues, el *remate*, y siendo así que los corredores jamás pueden quebrar, desde que no responden de la solvencia de sus comitentes, y que la insolvencia de éstos no puede dar orígen sino á las acciones que la ley acuerda al acreedor directo, ó sea al comitente del otro corredor con quien se efectuó la operacion, desaparecen de por sí los llamados *arrastres*.

Por el procedimiento de *arrastre* resultaba que un comitente que había efectuado una operacion en condiciones ventajosas, que por ejemplo había comprado oro á un tipo inferior al del dia de la liquidacion, se veía obligado no solo á perder el beneficio realizado, sino á pagarlo mas caro, y á estar pagando sucesivamente por otros comitentes que habían faltado á sus compromisos,

Eso es absurdo, pero aun existe, y ya que se trata de "facilitar las transacciones y asegurar el cumplimiento de las prescripciones del Código de Comercio vigente", segun el tenor del decreto que instituye la presente Comision, cree ésta que deben reformarse de una vez esas prácticas viciosas que no solo están fuera de la ley, sino que van contra la ley.

Antes de terminar, conviene observar que las medidas propuestas por la mayoría de la Comision han sido atacadas por la minoría de la misma, basándose entre otras cosas, en que serán contraproducentes, porque coartarán las operaciones bursátiles con carácter oficial, es decir, hechas en la rueda por los corredores y sometidas á la liquidacion, para favorecer las operaciones clandestinas, es decir, practicadas sin esos requisitos. La garantía especial exigida de los corredores de la rueda del oro, segun esa opinion, no serviría sino para restringir las operaciones de rueda, pero en cambio aumentaría las operaciones hechas fuera de ella, sin control posible y por lo tanto mas expuestas al fraude. La restriccion puesta á la liquidacion igualmente favorecería las operaciones privadas, hechas "de casa á casa," segun la expresion bursátil, y de esa manera vendrían á existir dos cotizaciones: una reducida, en la rueda oficial; otra general, en las operaciones clandestinas.

Pero ese argumento cae por su propio peso. Cualquiera que sea la reglamentacion que se proponga, jamás podrá impedirse que se hagan operaciones fuera de rueda, si se encuentran comitentes que las autoricen y corredores que las practiquen. Ningun poder humano puede impedir el juego en el recinto de un edificio, en la calle, en el dia ó en la noche. Si hay gentes que á todo trance quieren apostar, que quieren jugar, podrán hacerlo en cualquier lugar y en cualquier tiempo, siempre que haya ilusos que á ellos se presten y personas poco escropulosas que lo faciliten.

Lo único que es dable hacer es que en la rueda oficial del oro, donde se fija el valor de la moneda nacional y cuyo curso hace fé ante los tribunales y obliga al país entero, dicha cotizacion esté rodeada de las garantías posibles. El comerciante honesto tendrá buen cuidado de hacer sus operaciones legítimas en dicha rueda, y el que quiera arriesgarse á operar clandestinamente y sin garantías, lo hará á sabiendas y suya será la responsabilidad.

Por mas que la autoridad persiga el juego y cierre los garitos, jamás pedrá impedirse que juege el que quiera hacerlo á todo trance. Pero por lo ménos sabrá lo que hace.

La mayoría de la Comision es partidaria de la libertad en las transacciones comerciales, pero jamás de la licencia, y está convencida de que una libertad que no esté reglamentada, pronto degenera en licencia. Y cree que las medidas que propone contribuyen á reglamentar prudentemente la libertad de la Bolsa, y que han de merecer el aplauso de los buenos y de los honestos, y quizás tambien la gratitud de la mayoría del país, envuelta *nolens volens* en el torbellino bursátil.

Conclusiones

Resumiendo este informe y en mérito de las razones en él expuestas, la Comision en mayoría cree deber proponer al Excmo. Gobierno la adopcion de las medidas siguientes:

1.ª Derogar el art. I.º del decreto de Mayo 19 próximo pasado, aprobando los Estatutos de la Bolsa de Comercio en la forma allí establecida.

2.ª Mantener dicha aprobacion con las siguientes aclaraciones.

a) Queda entendido que los "comisionistas de Bolsa, ó agentes de cambio" de que hablan los Estatutos, son los corredores de Bolsa á que se refiere el art. 82 del Código de Comercio, subordinándose el capítulo respectivo de los Estatutos á lo que dispone el Código.

b) El Inc. 6.º del art. 59 debe leerse así. "Dar fianza por valor de 10,000 pesos nacionales ó su equivalente en los títulos que designe la Cámara Sindical, con el objeto de estar habilitado para operar en las ruedas de títulos, debiendo los que se inscriban para operar en la del oro sustituir dicha fianza por el depósito en el Banco Nacional de cien mil pesos curso legal ó su equivalente en títulos nacionales de renta, á fin de hacerse efectivas las responsabilidades en que incurriesen por falta de cumplimiento á las operaciones bursátiles "

c) El Inciso 3.º del art. 94 será obligatorio para los comitentes de los corredores solo en el caso que prestaran su conformidad anterior ó posterior. En caso contrario, la liquidacion de las diferencias causadas por la falta de entrega por parte de un comitente, será fijada con arreglo al tipo de la cotizacion última, dejando en libertad al comitente que ha cumplido para usar de su derecho con arreglo á la ley. Ningun comitente podrá ser sometido á una obligacion mayor ó diferente de la expresada en el boleto de su corredor.

Además la comision en mayoría opina que:

I.º Debe tratarse de poner en práctica la institucion

de las Cámaras Compensadoras con arreglo á lo establecido por los artículos 384 y 385 del Código.

2.º Debe solicitarse del H. Congreso la sancion de una ley que establezca lo siguiente:

a) Llegado el caso de cesacion de pagos de un corredor de Bolsa (comisionista de Bolsa ó agente de cambio) deberá la Cámara Sindical de la Bolsa dar cuenta dentro de las 24 horas de comprobado el hecho de que dicho corredor ha operado por su cuenta y que en consecuencia es fallido fraudulento al juzgado de instruccion criminal para el exámen de sus libros y papeles. Si la Cámara Sindical no lo hiciera así y sin perjuicio de las responsabilidades en que por ello incurra, el agente fiscal en turno queda autorizado para iniciar la causa de oficio.

b) Los jueces del crímen procederán en estas causas sin que sea necesario que los de comercio hayan hecho la declaracion de la quiebra de los corredores de Bolsa, y sin perjuicio de los efectos que tal acto jurídico produzca en el concurso y su liquidacion.

c) Si del exámen de los libros y papeles de dicho corredor, ó por otras pruebas, resulta comprobado el hecho de que ha operado por su cuenta ó bajo el nombre de comitentes supuestos ó con manifiesta simulacion, sufrirá la pena prevista por el Código Penal para los fallidos fraudulentos. En los demás casos la quiebra del corredor será juzgada con arreglo á las disposiciones del tít. 12 del libro 4.º del Código de Comercio.

Y por último:

3.º Debe establecerse la fiscalizacion de la Bolsa autorizada por el art. 342 del Código.

Al dar por terminado su cometido, debe la Comision

en mayoría declarar que en el estudio que ha hecho de
la cuestion sometida á su exámen, se ha inspirado del
mas profundo respeto por la ley, primero; del vivo
anhelo de no coartar en lo mínimo posible la libertad
de las transacciones comerciales, despues; y por último,
de coadyuvar á facilitar las operaciones y depurar de
alguna pequeña imperfeccion de detalle á una institucion tan digna de respeto y consideracion como es la
Bolsa de Comercio de la Capital de la República.

Dios guarde á V. E.

*Angel Sastre Ernesto Quesada
—Filemon Posse,* (en desacuer-
do con la conclusion *b*, medida 2.ª) (1)

_____

(1) La disidencia respecto de la conclusion *b* se refiere al monto
de la garantía aconsejada para los corredores del oro, y que
los otros miembros de la comision fijan en 100.000 pesos El doctor Posse, de perfecto acuerdo en todo lo demás, opina que restable-
cido el verdadero carácter de corredor de Bolsa á los actuales
«comisionistas ó agentes de cambio,» bastará con aplicar extrictamente las severas disposiciones del Código para hacer inne-
cesaria una garantía supletoria.